硫黄島戦記——目次

第三章——最後の抗戦

第四章——捕虜の汚名

硫黄島の断崖で日本兵を捜索する米兵。中写真は上空から見た硫黄島の全景

米軍の上陸に先立つ爆撃により炎上する飛行場
の日本軍機。右下写真は硫黄島に進出した零戦

硫黄島攻略のためウルシーに集結した米艦隊。
日本本土空襲の基地として、占領は急務だった

昭和20年２月19日、硫黄島上陸が決行され、
水陸両用上陸艇で進撃をはじめる米海兵師団

硫黄島の海岸に上陸、前進する米海兵隊員。後方には摺鉢山がそびえている

日本軍の猛砲撃により硫黄島の海岸で上陸直後に破壊された米軍の水陸両用車両と揚陸艇

昭和20年２月20日、米軍は上陸２日目に摺鉢山ふもとの千鳥飛行場を占領した

島北部にかけて段丘状の高原が続き、日本軍はその要所にトーチカを死角なく築いた

米軍進攻に備え配備についていた第109師団司
令部首脳。左から２人目が師団長栗林忠道中将

玉砕した硫黄島の日本兵。兵士たちは頑強な
洞窟陣地にたてこもり、徹底抗戦をつづけた

日本軍の執拗な抵抗によって続出した米軍の死傷者は戦死6821人、戦傷２万1865人にのぼり、日本軍守備隊の総員を大きく上まわった

昭和20年２月23日、摺鉢山の山頂に米海兵隊員の手によって星条旗が立てられようとしているところ。このあとも日本軍との熾烈な戦闘がつづいた

米軍に発見され、戦車などにより徹底的に破壊された海岸付近の日本軍陣地

捕虜となった日本兵。組織的な戦いが終わった後も散発的な戦闘は各所で見られた

硫黄島戦記

玉砕の島から生還した一兵士の回想

第一章——運命の征途

(1) 出帆のとき

昭和十九年三月十九日、多くの人々の見送りを受け、八幡様で武運長久をお祈りして、井笠鉄道国分寺駅に至り、駅頭で最後の別れの挨拶をし、粉骨砕心を誓って郷関を出発した。十七日に召集令状を受け取り、覚悟はしていたが、現実の事態に妻はなげき悲しんだ。

日中は多くの親戚の出入りに平常であったが、夜になると、せきを切ったように泣いた。無理もない。二十歳の妻は、私一人を頼りに嫁いで来て、両親と小姑の中に暮らすことになる。愛のきずなを絶たれる悲しみ、かわいそうでならなかった。

しかし、征かねばならない。きっときっと生きて帰って来るから、元気でいてくれと、なだめすかして広島へ出発した。私とて行きたくはなかった。しかし、軍規にそむくわけにはゆかない。涙一滴こぼさず、汽車に乗った。

翌日二十日、西部第二部隊に多くの召集兵と入隊した。じつは西部第九部隊（師団通信隊）に入隊するのであるが、軍医がいないので、第二部隊の軍医の健康診断を受けるためである。

診断をすませて通信隊に入隊してみると、知った者もおり、二十六、七歳から三十四、五歳の召集兵で、兵舎は満杯になっていた。何しろ兵隊の神様のような奴がわんさと入隊したのだから、在隊者は大変である。軍隊は三日早く入隊しても古兵であるが、召集兵は上等兵から兵長、伍長以上の下士官であるから、在隊者はやはり下積みを強いられる。

われわれ入隊者は、これから毎日、通信の復習の訓練の明け暮れであった。東練兵場、中山町方面、または緑井（みどりい）、可部（かべ）とよく演習に行った。

この間、二度、妻が面会に来た。これこそ、ひとときの逢瀬（おうせ）であった。生木（なまき）をさかれた二人は、何かに追われるような気持であった。

四月の中旬に空襲警報が発令されて、きびしい戦局は一兵隊も感ずるようになった。こうして時は過ぎていったが、五月に入り、六月に入っても、通信隊から出征兵はなかった。

七月に入って、召集兵に外泊の許可が出て二泊三日、家郷(かきょう)に帰った。突然の外泊に喜んだのは妻である。故郷は見渡す限り青田となり、田植えの苦労をねぎらって、役場をはじめ勤め先などに挨拶に行き、その先つとめて妻と一緒にいるようにして、束の間の愛をたしかめていた。

楽しかった外泊も、淋し気に見送る妻を残して帰隊した。召集兵のほとんどは同じ境遇の者で、結婚一、二年から半年くらい。その思いは同じであったであろう。かたい藁布団(わらぶとん)の中で、みんな妻子のことを毎晩、頭に描いていた。

そのうちに出征の命令が発表された。その中に私も入っていた。いま思い出しても、氏名の記憶は半分くらいしかなく、五十名の隊員は、外泊の温(ぬく)もりが一度に冷めた感じで準備にとりかかった。

入隊以来、最初の出征(野戦上番と言った)兵士に、残留者は親身の手伝いをしてくれた。軍装も真新しく、機械(通信機)も受領して準備は完了した。あわただしい出征準備中も、頭に浮かぶ妻の顔。出征を知ってどうなげくであろうか、思いは他の者も同じであろう。

いよいよ今夜出発だ。営庭(えいてい)に整列した出征の隊と残留の隊員とは、向き合って「頭(かしら)なか」の号令の後、隊長の別れの挨拶と通信隊長の激励の辞。それから親しい者同士で「お元気で」と、軍紀を超越した真剣な別れが展開した。みなさん、さようなら。

こうして昭和十九年七月七日、多くの戦友の見送りを受けて西部第九部隊（第五師団通信隊）の衛門を出た。総数五十名、三号無線機四機を携行した通信隊は、稲田光太郎中尉指揮する一隊である。

二十時、広島駅に到着して、西部第二部隊（第十一聯隊）で編成の独混（独立混成）第十七聯隊第三大隊とともに列車に乗り込み、一路東上。広島近辺の兵隊は秘かな見送りを受けたようだが、われわれ福山近辺の者はその手段もなく、列車は無情のごとく将兵の思いを無視して、東に東に福山も駆け足で通り過ぎた。神辺は自分の故郷、父母も妻も心配しているであろう。一目会いたいが、どうにもならない。

翌日午後、横浜に到着、横浜埠頭みずほ桟橋に近い小学校に入った。われわれが乗る大きな船が、みずほ桟橋に横づけされている。桟橋には、中国戦線では見なかった巨大な戦車がずらっとならんでいる。二十数輌、これを積み込まなければ出帆しない。

われわれは二、三日ここで待機しなければいけない。横浜港には、まだ大きな船がたくさん碇泊している。この船が全部、船団を組んで出航するのか。一日二日とたち、明日は出帆の予定である。横浜には私の叔母がいるはず、顔も知らない叔母に一度、会って見たい。

兵二人を連れて街に出る。昭和十九年半ば、街頭は長い戦争で、物資はほとんどなくなり、商店は配給品だけ扱う。自由販売の物資はない。有名な繁華街、伊勢崎町もさびれ切っている。

この街の風景を見て、叔母の家に行くのは中止した。理由は、何の物資もない家に行って、迷惑をかけるのが心苦しいからである。叔母さん、さようなら。何か買えると思った街に、魅力はなくなった。弟が麻布三連隊（近衛兵）にいるので、会って六年ぶりの語らいがしたかったが、街の表情の厳しい姿に会わずに征くことにした。

いよいよ出帆のときが来た。七月十日、戦車は全部積み込まれた。

(2) 輸送船海没

稲田隊にも乗船命令が下った。乗船したわれわれは船倉には入らず、甲板に起居することになった。甲板には大発艇（だいはってい）が積み込まれて広いことはないが、船倉も満員であろう。この当時、西戦車聯隊ということは知らなかったが、その西竹一大佐（戦車二六聯隊長。注・この時は中佐）も乗っておられた。

この時季の太平洋は大変な凪で、波は静かであったが、敵潜水艦の脅威ははなはだしいものがあり、東京湾に出ると、直ちに戦闘配備についた。一般兵は対潜水艦監視、全員が両舷側に立って沖を見る。異常を認めたら大声で報告する。しかし、毎日、海ばかり眺めていては退屈で仕方がない。

われわれが広島を出発するときは、伊豆七島に展開するのだと聴いていた。しかし、巨大な戦車と同船しているのでは、目的地は小笠原であろう。この予想は当たって、その夜も翌日も、不安の中に平穏な日を過ごした。

ときおりイルカの群れを発見することはあっても、敵潜水艦の姿は見えない。当時、米軍は全艦にレーダーを装備していた。敵に見えない距離から敵を捕捉できる。わが船団は、輸送船と護衛艦で十隻あまりの編成だ。

輸送船に在る兵隊が、両舷に鈴なりになって、見えもしない敵を監視している。敵潜から見れば、藁人形くらいに見えるであろう。昼間の監視は、何千の兵の二つの目が沖を見つめていても、夜はなんにも見えない。それでも軍命令だ、おかしくはなかった。

こうして三晩が明けて、今日も太陽は、笑顔で波間からのぼって来た。金波を押し上げるように、一刻の後、惨劇が起こることも知らずに、美しい海洋美の船上で、故郷に残した妻を思い浮かべ、どうしているであろうかと案じながら、暁(あかつき)の静かな海を見つめている。船は八浬(カイリ)の微速で、前にも後にも、両側に護衛艦が大切な宝を守るかのようにつきそっていた。

七時、朝食の配給の合図があって、当番は取りに行った。そうして戻って来ない。

七時十五分、突然、ドッカンと強烈なショックと轟音(ごうおん)に、いままで平静であった船内は騒然となった。轟音と同時に乗船は物凄く沈んで、波に高かった舷側は、ぐっと低くなった。

船内伝声管(でんせいかん)は、魚雷攻撃を受けたことを放送している。兵隊は、大急ぎで救命胴衣(きゅうめいどうい)と、あらかじめ予定していた品物をつけ、つぎの命令を待つ。

甲板ぎっしりに詰まった兵隊で、位置を替えることが出来ない。いま、私たちのいる場所に近い中央部の舷に、大きな大穴が空いているということだ。飛び込んで吸い込まれては大変だ。生への希求は、動物の本能で危険を避ける。しかし、移動ができないほど、たくさんの兵隊だ。どのくらいの人数が乗っているのかわからない。

命中して十分くらいで、また一発、後部に命中、船はどんどん沈んでゆく。退船の命令はなかなか出ない。

このような極限の情況の中、十分、十五分が長い時間に思える。ようやくにして、退艦命令が出た。最初の命中より、十五分ばかり経っていた。軍隊は訓練ができているから、混乱はしない。思い思いに海に飛び込んだ。

私は帽子、シャツ、軍袴（ぐんこ）、巻脚絆（まききゃはん）、地下足袋（じかたび）、雑嚢（ざつのう）、水筒、帯剣、図嚢（ずのう）を首にかけて飛び込んだ。何しろ、八畳間ほどの穴の空いた近くに飛び込んだのだから、逃げなければいけない。犬かき、自由形、平泳、あらゆる方法で死もの狂いに泳いだ。

突然、万歳の叫びに振り返ってみると、十メートル先に乗船は船首を立て、ずぼっと波間に消えてしまった。沈むと同時に、甲板にあった大発艇が恐ろしい勢いで、われわれにのしかかって来た。もう少し近かったら、大発の船底にしたたか打たれたであろう、危ないところであった。

もう泳ぐことはない。海に浮かんで、どうすれば疲れないかを考えればよい。おびただしい浮遊物があっても、その上に乗る物はない。板ぎれをつかんで波に漂う。ゆるやかなうねり、これが大時化（おおしけ）だったら大変である。不幸中の幸い。甘い。妻のことを思っていた矢先、突然、戦場に戻されて今後どうなるのか。

遠く近く、護衛艦は爆雷を投下しながら、海没の兵たちの周囲を駆け巡り、潜水艦狩りをやっている。その爆雷は二、三十メートル沈下しては爆発する。その衝撃で、浮いているわれわれは、凄くなぐられるようだ。

そのうちに、携行した物が邪魔になり出した。首にかけた吊紐は、波にゆれて首筋をすりむかせ、潮水に浸って痛い、痛い。仕方がなく、つぎつぎと首からはずして、最後に水筒だけを腰に巻きつけた。いつまでこの状態が続くのかわからない。水は大切だ。

そのうちに、だれの発案か、軍歌が流れて来た。その声はだんだんと大きくなり、全員が唱和している。これは、睡眠予防の対策として考えられたもので、眠ることは死を意味していたから、一生懸命に歌った。

しかし、何時間たっても救助してくれない。相変わらず、爆雷攻撃が続けられている。ねむい、ねむい。付近には知った兵隊はいない。時計は海水に浸って、止まっている。浮遊範囲がだんだんと拡がっている。朝食前の被雷で、昨夕以後、食事はしていない。空腹と咽喉の渇きは、時間の経つに従い、深刻さを増して来た。

どこを見渡しても、島影一つ見えない。そして、黒潮と言われるだけに、真っ黒い潮の中に浮いている。心細い限りだ。

ようやく爆雷投射も下火になり、救助活動が始まった。駆潜艇は五百トンあまりの小さな艦で、舷は低いが、綱一本で引っ張り上げられるので、救助を受ける方も、救助する海軍側も大変である。陸軍は全部、巻脚絆を巻いているので、ズボンの中、膝から腰まで海水が一杯入っているから、相当な重量になる。作業はなかなか、はかどらない。何百人の兵は、甲板に上がって、疲労と日射にぐったりしている。

十五時頃、ようやく救助は終わった。見渡す海上には、浮いている兵隊はいない。ただし、被害者の死体が、遠く近くに浮いている。やはり犠牲があったのだ。轟沈（ごうちん）であったら、ほとんど全員が戦死していたであろう。雷撃の惨劇は、幸い兵員の被害はすくなかった。

小さい駆潜艇の甲板には、足の踏み込む余地もなく、ようやく動き出したエンジンの響きは快調だが、この裸の兵隊を連れて行って、どうするのであろう。

ようやく食事の配給が始まった。一人一人配るわけにはいかないので、握飯（にぎりめし）を手送りで遠方の兵に配る。近いところと遠いところ、一個の握飯を食べるのに、一時間以上の差があったであろう。それにもまして、水の補給がなく、みんな困った。私は腰につけた水筒の水を飲んで、付近の者にも分けた。

せまい甲板上、見渡せば稲田隊の兵も、全部ではないが、ほとんどいるようだ。他の艦にも乗っているであろう。

恐ろしい海上を南下している船から、小笠原諸島が見え出した。船足の遅い輸送船がいなくなった艦の速度は早く、たそがれどき、父島沖に到着していた。島影を前方に見て、われわれは元気を取り戻した。

そのとき、突然、艦橋から、「駄目だあ」という怒号があがった。朝の惨劇に神経を尖らせている兵は、瞬間的に海上に目を走らせた。右舷数百メートルのところ、四発の魚雷が猛烈な速力で白波をけたてて、わが艦目がけて突進して来ている。右舷に近い者は、無意識になだれを打って左舷に寄った。それと同時に取舵一杯（とりかじいっぱい）（注・右旋回）の操作は、急激に方向転換をした。万歳万歳。前後二本ずつ通り抜けた魚雷は、遠く左舷遙かに走り去った。その間数十秒。

艦は全速力で、二見港に入港した。現場には、夕闇の中、爆雷の音がしている。ようやく安心の出来る大地を踏むことができた。辺りは暗くなり、地理は不案内。互いに呼びあい、稲田隊は全員、無事であることが確認された。

(3) 父島への巨弾

七月十三日の夜である。ようやく指令が来て、大発艇に乗り込んだ。対岸のトンネルが宿舎であったので、二見港を渡って目的地へ。潮水にぬれた衣服のまま、トンネルの片側の荷物の上に体を横たえて、五十名の一隊は、ぼそぼそ言いながら、大村の岸壁で支給を受けた夕食替わりの乾パンをかじった。

そして、朝からの騒動で疲れ切っている兵隊は、いつとはなしに眠り込んでしまった。ときおり通る軍トラックの音にも気づかずに……。

翌朝、トンネルを出て、ある谷間に入った。気持の悪い衣服を洗濯したいが、着替えがない。そのうえ、炊事道具は一切ない。糧秣(りょうまつ)の支給を受けても、炊事ができない。そこで乾燥野菜の空罐で米を洗い、それで炊(た)く。完全な蓋(ふた)もないので、うまく炊けないが、飯はできた。炊事当番は、それを握飯にする。兵はそれをつまんで食べる。

副食の汁は、これまた食器が全然ない。小さい罐詰の空罐に入れて、一杯を何人も回し飲みする。熱い汁は、罐のふたに唇を当てると火傷(やけど)をして、さわれない。まったく乞食同様の生活が続く。これが帝国陸軍の姿なのか。ねぐらもなく、携帯天幕の支給を受けて雨露を凌(しの)ぐ程度。

よく雨の降る島だ。その雨は沛然と豪雨が来る。平地のない山ばかりの島は、峰から滝のように落下する赤い水で、毎日、体が濡れているようだ。それでも外衣(がいい)の支給があったので、潮垂る衣類を、ときおりの日差しに洗濯して干す。木立ちは、ときならぬ満艦飾のように洗濯物がかけられた。

そうして一週間ほどして、夜明山の頂上の第十七聯隊本部の近くに設営が決まった。もちろん、家を建ててくれるのでなく、われわれが小屋を造るのである。鋸も鉋もない。帯剣一本で切れる木を切って、柱、屋根、床を造る。人間の手首の太さ以下の木を、何百本も組み合わせ、蔦でくくりつけ、屋根と壁はヤシの葉を何百枚も重ねて敷き、完全な小屋ができた。

一棟十五名くらい入れる小屋で、どうやら人間並みの生活ができる。そのうちに各兵の装備が支給されて、だんだんと兵隊らしくなる。

広島を出るとき、伊豆七島と言われたが、今こうして父島にいる。あの三号無線機四機、かりにここまで持って来ても、使用する意味がないではないか。聯隊通信の小型のでよい。

伊豆七島のように四、五百キロの間に展開する島で、はじめてわれわれの任務の目的に合う場所と言わなければならない。この島で何をするのであろう。

私は、命令受領(係)として毎日、聯隊本部詰めになっている。毎日の命令会報を受領しては、隊へ報告する任務である。

稲田隊は、来る日も来る日も無聊をかこっていた。

こうして八月中旬に入ったある日、敵機動部隊の空襲と艦砲射撃を受けた。私たちの隊員のほとんどは、中国戦線で実戦を体験していたが、驚くべき弾量だ。米軍の凄まじい艦砲射撃、十数隻の巡洋艦を擁する艦隊は、小笠原諸島を堂々巡りして、巨弾を撃ち込む。

上空には数十機が入れ替わり立ち替わり、大村の軍事基地に急降下爆撃と地上掃射を反復した。当時、私たちは壕もなく、大きな松の幹をぐるぐる回って難を避けていた。物凄い轟音は谷にこだまして、歴戦の勇士も顔色なく、前途の多難を肝に刻む。

そして敵機もまた、友軍の射撃に数多く墜落していった。苛烈な戦闘は、彼我双方に多大なる犠牲が強いられて、彼は引き揚げていった。敵は堂々とここまで来て、悠々と攻撃して帰った。

友軍はどうか。航空機はなく、艦艇はなく、ただ父島の在島部隊の反撃だけだ。これでは日本も長くは保たない。

われわれはもう、内地に帰ることはないであろう。また故郷を想うのであった。

こうしたことがあって、陣地構築または退避壕掘りが前にもまして盛んである。父島はサンゴ礁の島で全島、岩石であり、ダイナマイトでなければ掘れない。昼夜兼行で、ダイナマイトの爆発音がしている。

(4) 硫黄島行き

しかし、われわれの隊にも任務の下令が来た。八月二十一日付命令で、硫黄島行きが決まった。二十四日、二十四時、二見港出発である。

私は命令受領して、隊長は私の口を封じた。だれにも言うてはならぬと、厳命された。その当時、硫黄島行きは生還のできないことを、みんな知っていたからだ。どこで情報を仕入れるのか、知っているだけに隊長は、慎重を期した。

その頃は兵隊の装備は、ほとんど整っていた。ただ、無線機は一機もなかった。全島山ばかりの父島から、平坦な硫黄島へ、生還は期し難いであろう。

翌日、全員集合を掛けて、隊長は厳かに硫黄島行きを宣した。一同の気持は、私の思いと同じであろう、軍命令の前には如何ともしがたく、準備に取りかかった。とはいっても、体一貫で行くのだから、別に忙しいということではない。

この四十日の間、任務のないままに兵は、方々偵察していた。夜明山中腹に食糧倉庫があり、前日の艦砲射撃に壁の破損個所を発見していた兵たちは、二十三日の深夜に、暗闇を利用して、たくさんの罐詰をガメて来た。

稲田隊全員、行く先不自由な生活を知っているだけに、背嚢(はいのう)に入るだけ入れた。あの食糧事情のきびしいときに、もし見つかったら、大変なことになるのではないか。だが、なんの科(とが)めもなかった。

父島には、浜田で編成された十七聯隊の二大隊が駐屯していた。私が四十一聯隊当時の分隊長が来ていた。この人は比婆郡高野町出身で、年盛勝曹(としもりまさる)長殿であった。最後のお別れに会いに行って、なつかしい昔話に花を咲かせて帰った。

楽しかったことはこのくらいなことで、山の頂上で暮らす数十日、人間生活の最低の毎日であろう、それがなお困難な硫黄島へ行かなければならない。

おおよその推察をしながら、いよいよ出発の申告をして、尾根伝いに二見港に降りて行く。出発は二十四時だが、夜の山道は危険であるので、明るいうちに集結した。

上陸時にはわからなかったが、大村には民家がたくさんある。疎開しているので、全部、空家である。軍は必要に応じて使用しているが、攻撃目標となるので、ほとんど使用していない。

出発を待つまでの数時間、上陸以来始めて家屋で休んだ。わが家にいれば、風呂もあり、優しい家族と楽しく過ごしているであろうに……。上陸以来、谷川で体を洗い、谷川の水で炊事をする。

そしていままた、父島以上の苛酷な硫黄島に転進せんとす。海上が無事であるのか、五百トンばかりの船に乗る。われわれの気持は穏やかではない。冷酷な軍命令にはどうすることもできず、真っ暗い岸壁から乗船した。

今度の便乗者は、あまり多くはなかった。私の隊と先発部隊の残留者がわずかに乗った。船室には入らず、甲板の少し高いところに荷物を置き、思い思いの場所にねぐらをみつけて横になる。

船は二見港から魔の外洋に出た。波が少し高く、ゆれるたびに甲板にガブリガブリと波が上がって来て、低い場所には寝ていられない。

いな、それ以上に敵潜水艦の攻撃が心配で眠ることができない。レーダーを装備している敵潜が、どこでねらっているかわからない。父島に来るまでに海没した稲田隊の兵隊は、その恐怖が身に沁み込んでいる。

暗い海上は、少し白い浪が立ち、何も見えない。小さな船だから、魚雷一発で、木の葉のように飛び散ってしまうであろう。

　便乗の兵隊の諸々の心情などおかまいなく、おれはどこまでも行くんだと、船のエンジンは快調な響を立てて南へ南へと突っ走っている。

　目的の硫黄島は、生きて還れないかも知れない。だが、早く着きたい。海上で、なす手段（すべ）もなく、魚雷のいけにえにはなりたくない。

　暗い夜空を見上げて、美しい星空をながめ、故郷の夕すずみを思う。田圃（たんぼ）の稲も、大きく育っているであろう、その続きはきまって妻のことだ。どうしているであろう。戦争という異常な事態に、幸せであるべき結婚生活は、冷酷な一枚の赤紙でいま、危険きわまりない船の上だ。

　そして、いっそう危険な硫黄島に早く着け、早く着けと願っていた。船上の兵隊の声はなく、無事を祈りながら、物思いにふけっている。

　突然、だれかが飛行機だと叫んだ。まさしく上空を赤い灯（ひ）が、何十となく北上している。われわれの船を問題にしていないのか、上空から見えないのか、飛行機は飛び去った。

　上空に暁の薄明かりが感じられる。早く早く、心はせくが、船は一時間二十キロの速度である。

ようやく北硫黄島が、とんがり帽子のように見え出した。辺りはすっかり明るくなり、北硫黄を後にして三時間あまり、正午、ようやく硫黄島が見え出した。白い波はなくなり、船は快調に進んでいる。

幸運にも、敵潜水艦からも飛行機からも攻撃されずに、ここまで来た。しかし、まだ油断できない。無防備の小さな船が一隻だけ。敵の目はどこかで見ているかも知れない。

第二章——玉砕の戦場

(1) 硫黄島上陸

だんだんと近づく硫黄島の姿が、はっきりと見えだした。南端に摺鉢山（この時点では、この山の名前はわからなかった）がそびえ、その麓から北に円平な島である。北海岸の切り立った断崖から、西海岸の砂浜へと変化に富んだ海岸を見ながら、船は西海岸の沖合いに錨を下ろした。

硫黄島には波止場がない。早く上陸したい。下船準備はできた。

西海岸の黒い砂浜には、兵隊がたくさん来ている。トラックも見える。大発艇が近づいた。便乗者を先に降ろすと、言っている。船の下に大発艇が着き、縄バシゴが降ろされて、つぎつぎに乗り移った。

こうして、無事、硫黄島に上陸した私たちは、一時間後には激しい空襲を受けることになる。

荷役に来ている在島の兵隊のそばを通り、目的地に。危険な島とは感じても、玉砕する島とは予想もせずに、この小さな島でもしっかりした大地を踏みしめて、隊長を先頭に西部落を経て北部落の第一〇九師団司令部に到着した。

ここにも、なんにもあるわけではない。司令部の命令のあるまで、現在の北観音と栗林壕の中間くらいの道路脇に、当時ヤシの木が十本ばかり亭々(ていてい)とそびえていた。その樹の下に待機していた。

突然、カンカンカンとけたたましい鐘の音。何なのだろうか、上陸したばかりのわれわれは、よくわからない。しばらくすると、轟々たる爆音、空襲である。

ヤシの木の下にうずくまってじっと空を見上げていると、頭上にサーサーという爆弾の落下音と、ドドドーンと何十発の爆弾が投下され、上陸第一号の試練を受けた。上空には、数十機のB24が悠々と飛んでいる。わが戦闘機も五、六機、攻撃をしているが、編隊も崩さずに飛び去った。

早く上陸してよかった、一時間遅れていたら、船上でやられていたかも知れない(このときの船は、幸運にも損害軽微で、父島に帰った)。聴けば、毎日、定期便の空襲がある様子。退避する場所もなく、どうするのであろう。

しばらくして隊長は、司令部からの命令を持って帰った。第一分隊（川相分隊）は兵団司令部に、配属第二分隊は旅団司令部配属となる。上陸時の配置は以上で、残りは後に伯田部隊に一コ分隊、兵団司令部に一コ分隊と分かれることになる。

私の分隊は、分隊長川相伍長（私）、一色上等兵（広島出身）、岡本忠信上等兵（川尻町）、田曾茂上等兵（福山津之郷）の四名。司令部から百五十メートル東寄りの岩壁下に小屋を造って宿舎とし、隊とは三百メートル以上離れていて、毎晩の点呼報告以外は行かない。したがって、隊が何をしているのかわからない。

上陸した途端に空襲の洗礼を受けたわれわれは、任務の遂行上、絶対に壕掘りをしなければいけない。

翌日、隊長が調達した十字鍬とスコップの支給を受けた。高さ八メートルくらいの断崖の基底部に、水平に横穴を掘ることになった。約十メートル離れて二つの穴を掘り進み、七、八メートル掘り込んで、両方の壕を奥でつなぐ作業である。

そのうちにわれわれの任務である小さな無線機が支給された。毎日五回、定時開設し、空襲時は常に開設して、旅団司令部の報告を待つ。

勤務と壕掘りは昼夜兼行で行なった。手掘りだから、なかなか掘れない。一日一メートルがやっとである。

奥に進むにつれて地熱は高く、褌（ふんどし）一丁の素裸では、土くれがとんでくると、とても熱い。衣類を着たのでは、暑くていけない。十分掘って十分休む、この繰り返しだ。自分の生命を守ることが、任務を完全遂行する前提条件である。

毎日毎日、掘っては土を運び出す。ようやく一期工事が終わって、コの字型の壕が完成した。それは九月の終わり頃だ。

二十五メートルくらいの壕で、その一番奥に通信所を置いた。空襲のない限り、外の小屋に寝ることにした。

ようやく余裕ができて、辺りを偵察する。壕前の畑は、コカインという植物がはえている。麻酔の原料である。

小さく仕切られた畑の周囲には、土炭岩（どたんがん）の丸い石が石垣のように積まれて、防風壁の役目を果たしている。断崖の上にはタコの木が密生していて、人間を寄せつけない自然の鉄条網である。

北方海上を遙かに見渡せば、黒潮の海に紺碧の空、絶海の孤島であることを自覚する。北海岸には温泉があるそうだ。二人残して二人で行く。断崖が二、三段、その段差は十メートルあまり。

この断崖に、細いけもの道が下に下に伸びている。そして両側は畑になり、サツマイモ、綿が植えられていた。

現在の北観音辺りを北に下ったところが温泉浜である。波打ち際の岩の間に湧き出る熱湯で、干潮のときはとても気持がよい。しかし、ガスが出るようで危険だ。帰りは何十名かの入浴客たる兵隊は、連日、余暇をつくっては行っているようだ。帰りは登りだから、楽ではない。

海岸からそそり立つ断崖は、垂直に空を睨み、奇岩怪石が至るところに屹然として、遠来の兵の目を楽しませてくれた。

上陸して間もなく、第三大隊が第一〇九師団司令部護衛の北海岸警備についていることを知った。横浜を出るとき、三大隊が別の船に乗っていたのだ。

北ノ鼻、温泉浜、箱庭海岸が警備地区であり、海岸警備が主目標であったと思われる。現に三大隊の医務室は、北観音の道路内陸側の凹地（これは旧噴火口）があり、その向かい側の平地に民家が一戸あって、そこで治療していた。

この辺りは稲田隊事務所も近く、点呼などによく往来していたので、三大隊医務室の同郷である衛生兵重政健二上等兵（神辺町出身）と佐々木中隊の目崎曹長（神辺町出身）を知った。そして重政氏には、数々のお世話になる。直線距離で二百メートルくらいしかないところで、戦闘になってからの足跡はまったくわからなかった。

(2) 粗悪食事の実態

こうして、通信と壕掘りの毎日の中で、体を洗う水はなく、ときおり温泉に行くか、スコール時に素裸で体を洗うしかなく、第一、飲料水がない。そこで飛行場に行ってドラム罐を取って来て、これに天水(てんすい)を受けることにした。

天幕の屋根に桶をつけて、ドラム罐に貯めるのだ。これは大成功で、戦闘中、水には困らなかった。生活の知恵は少しずつ拡がってゆく。

日常の給食の玄米食四人で飯盒(はんごう)に一杯、重労働での食事にしてはあまりにも少量であり、副食は硫黄分を含んだ水に醤油か味噌を入れた味のない汁一杯。来る日も来る日も変わったものはない。上陸してしばらくは、父島での戦果の罐詰があったが、二週間もすればなくなる。

そのうえ水が悪いので、下痢が続く。これがまた猛烈で、催しだしたら、何を置いても飛んで外に出なければいけない。

立板に水の例ではないが、とにかく食べたものが直ぐ出るような感じで、まったくやり切れない。

聴くところによると、硫黄島には井戸が一コもない。二万の将兵を養う水がない。なんとかしなければと、軍は作井隊を連れて来て、西部落に井戸を掘った。何十メートルの深さか知らないが、手をつけられない熱い水をドラム罐で配給し、その水が炊事に使用されている。

ただでさえ硫黄臭が立ち込めるのに、地中の硫黄分は大変な量である。その水を飲むのだから、腹は正常であり得ない。

栄養失調を自覚しだした。なんとかしなければいけない。それから山野を歩いて、食べられるものを食べなければ、体が保たない。

タコの実を剣で二つに割ると、中にちょうどピーナツくらいの実がある。これは大変な発見である。

脂肪がたくさんある。これをすりつぶし、野菜をいためて食べる。パパイアの青い実を漬物にし、その幹の内側は竹の子みたいな繊維質をしているので茹で、タコの実の油と醤油で味つけした。

そのうち、旅団に行っている兵隊が頻繁に帰って来るようになった。どうやら、食糧事情が非常に悪いらしい。

私の分隊のいるところは、人里離れた山の奥といった感じのところで、食物についてはわりあい豊富であったようだ。

われわれの通信所のまえの名も知れぬ大木の並木の下には、シートを覆(おお)った食料がうず高く積まれていた。猫にカツオ節とはこのことで、空襲時を利用して盗みに行った。

小豆(あずき)・白米・携帯口糧(こうりょう)を取って来て、壕の中に入れないで、山の中の岩の下に隠す。タコのジャングルだから、だれにも知られない。壕は憲兵がたびたび来て、監視していたのである。

通信は、私たちの手の内にある。配属になっている分隊から、明日は行くから頼むと言って来る。私は、嫁に行った娘が里帰りするそれを迎える母親の気持で、小豆をたいて前記の重政衛生兵のお世話で、軍医が管理している三大隊の砂糖キビを絞って砂糖をつくっておいた。それを使って、少しでも親元に帰った雰囲気を味わわせてやった。

楽しみのなにもないこの島、知らない隊に配属になっている森山伍長以下が気の毒であった。

本来なら、本家たる自分の隊でもてなしを受けるのが筋であるが、隊では何も出ないことを知っており、それだけに旅団に行っている兵隊は、私のところによく来てくれた。

〈遺骨収集時、法務局書類が出て、あの硫黄島にも多くの犯罪者がいた記録があり、そのほとんどが窃盗であり、食糧の盗み出しである。よく見つからなかったと思い、あのM憲兵〈生還者〉氏の顔が浮かぶ〉。

こうして、顔も洗わない、洗濯もしない、食うことだけに使用する水の貯えは、常にドラム罐に八十パーセントくらいはあった。不潔きわまる生活であるが、大した病気もなく、二期工事十五メートルを目標に掘り続けていた。できれば、兵団司令部壕へつなぐ地下道としての考えであった。

私の分隊員はよく働いた。だれも不服を言うものもなく、この極限の人間生活の中で四人仲よく、上下のへだてはその必要を認めるときだけ。

すなわち隊長の巡察か参謀の巡察時を除いては、身も心も裸のつきあい、要するに褌（ふんどし）一本である。

ある日、白方藤栄参謀が来られた。この方は、中根参謀の前任の通信参謀である。相変わらず褌姿だ。私は、

「気を付け」を号令し、

「失礼ですから軍服を着ます」というと、

「作業ご苦労。そのままでよい」

と、白方参謀は壕の中に入り、通信所を見て、

「何か不自由はないか」

と尋ねられた。

「ハッ、われわれは海没部隊で、通信に必要な時計がありません」

「そうか。それは不自由であろう。隊長を通じて分隊長以上の者の必要数を報告せよ。ただし、酒保品（注・売店の品）だから、代金は支払ってくれ」

と白方参謀は言われ、壕掘りの予定などを聴いて帰られた。まったく全員、褌一本、おそらく他の部隊も同じ姿であったであろう。

硫黄島でお金を遣ったのは、これ一回きりであった。私たち下士官以上は、現地と留守宅渡しと半々であったから、当時二十五円くらい支給があったと覚えているが、そのお金を郵便貯金にもしたのではないかと思う。

だが、何にしても貰ってつかうことのできないお金ほど価値のないものはない。持っていたお金がどうなったかわからない。

(3) 壕掘りと食糧探し

十月中旬のある日、父島で体験したと同じ敵機動部隊の攻撃を受けた。巡洋艦、駆逐艦二十隻くらいが、島を回って艦砲を撃って来る。島のあらゆるところを撃つ。上空には敵機が何十機も旋回して、獲物をねらって爆弾を投下する。砲爆撃に硫黄島は、一日中、振動して、太平洋の第一線にいることを自覚する。

しかし、地表面にはほとんど何もない硫黄島では、損害らしき損害はなく、反応も示さず、ただじっとしているだけであった。下手な手出しは許されなかった。それは、わが砲台の位置を敵に知らせることになるからである。

島の中央部に飛行場はあるが、周辺から海岸にいたる部分は、南と西の砂浜地帯を除いてほとんど緑のジャングルに覆われて、海上からも上空からも、目標物はまったく見えない。だが、緑の下には戦車あり、大砲ありで、兵隊は懸命に壕掘りをして地下へ地下へと進んでいる。

月を追って、一日の空襲回数が多くなり、十月から十一月に入ると、一日に二、三回くらい来るようになった。そのたびにレーダー（電探基地）から、カンカンカンと不気味な気持を起こさせる鐘の音が聴こえる。

しばらくすると、ズズン、ドドドーンと爆弾と焼夷弾を落として帰る。ジャングルは少々、落葉は焼けるが、山火事は絶対に起こらない。

敵にしてみれば、まことに手応えのない島である。砲爆しても砂煙が上がるだけ。何か施設が破壊されて飛び散るということもなく、焼夷弾を何千とばらまいても、線香花火のようにパチパチと焼夷弾の燃えている間だけ、その辺りに煙が出ている。

このような硫黄島だから、敵も判断はつかなかったようである。硫黄島攻略には、相当の犠牲を覚悟していたと、史実に書いてある。

さて、硫黄島の配備については、私たち一下士官兵には全然わからない。私が知っていたのは、北部地区の一七三大隊、東部落の伯田部隊、西部落の一四五聯隊、それから戦車隊と旅団司令部くらいで、他はどう配備についてるかはわからなかった。

要するに、自分の近辺か通信に関係した部隊だけが記憶にあり、多数の集落名は戦後の硫黄島協会の慰霊と遺骨収集活動に参加して知った。

硫黄島の戦前は、風光明媚（めいび）であった。海岸はことに絶景の場所が多く、テーブル岩とかシシ岩とか、内陸にも奇岩怪石がそそり立つ。そして内地の風物詩であるウグイス、目白(めじろ)などのさえずりは内地を思わせ、故郷の山河にいるようであり、戦争がなければ、俗界から隔離した平和の島であったであろう。

島民千名あまりが悠々と暮らしていた島に、二万の大軍が上陸したのだから、緑の下にはあちこちと陸海軍が入り混じって、小屋掛けしたり、天幕を張った。

敵が察知すれば大変であろうが、熱帯の植物の繁殖はすさまじく、少々の爆撃で地肌が出ていても、すぐ緑に覆われ、わが軍のカムフラージュにプラスになっていた。

空襲と壕掘りは、尽きることなく連日、行なわれていた。そして相変わらず玄米飯を食べていた。そのうちに陸海軍の給与(注・食糧)の格差を知った。

十一月に入り、まだ増強される兵隊が増えている。わが分隊の近くに幕舎ができて、海軍設営隊が来た。兵団司令部へ通ずる道路のそばで、私がたびたび通るので、どちらからともなく声をかけるようになった。

食事時にもたびたび通るので、見ると白米飯を食べ、罐詰ではあるが、魚や肉も食っている。「御馳走ですね」と挨拶するときもある。まったくうらやましい。こちらは顔のうつる汁ばかり。

無駄話をしているうちに、

「陸さん（陸軍のこと）、飯があまったが、食べないか。きれいに残してあるが」

と親切に言ってくれた。

「それは有難い、頂きましょう」

と、それからは玄米飯は置いて、設営隊からのお呼びを待つことにし、お呼びが掛かると、兵隊に行かせて白米飯を食べた。楽しみといえば食うことだが、これがなかなか改善されず、硫黄島の各部隊ともに体力保持に苦心を払われたようである。

畑の作物管理、山野に自生しているバナナ、パパイアなども、無断で取れば罰則があった。私は、壕上のタコの木のジャグルの中に分け入って、バナナを取って来て、壕の奥に埋め、ほどよく熟れたところで、一本ずつ楽しむ。

壕掘りと食糧探し、それに執拗な空襲が日課になっていた。私たち四人は、こうした生活の中でいろいろと話し合いをしたが、一色上等兵は、広島市消防局につとめていて、子供があると言っていた。

岡本上等兵は非常におとなしい気性で、手先が器用で、壕掘りの土運びの手畚を編んでくれた。タコの木の根直径五センチくらい、長さ三メートル、これをうまく裂いて、竹を割ったようにしてそれを編む。強くしなやかな箕ができて、大変役立った。

また、生きて帰れないと言いながら、タコの葉で立派なバッグ（バスケット）を編んだ。私たちもつぎつぎと一コずつ編んでもらったが、兵隊の心の微妙さ、万一にも生きて帰れる準備をしていたのである。

もう一人、田曾上等兵は、大変に几帳面な人で、自分の持ち物はもちろん、分隊の共用物まで綺麗に整頓する。また、官給品のタバコも、一週間分として支給されたら、完璧なまでに、その期間もちこたえる。

家庭的な話題は、あまり出なかった。いな、立ち入っての話をしなかったと言った表現の方が正しいのではないか。それぞれに自分の胸に秘めておきたかった。私もそうであった。

(4) 嵐の前の静けさ

硫黄島に来て、一つだけわれわれにとってよかったことは、歩かなくてよいことである。陸軍は歩くのが本領であり、ことに歩兵は歩くことが戦闘であった。

中国戦線では、一ヵ月くらい連続行軍した体験があるが、まったく二本の脚で重い装具を体につけて歩くことは苛酷なことであり、死にもの狂いで歩かなければならなかった。落伍したら殺されるからだ。敵地であるからで、その点、ここは全部歩いても十キロであり、だから歩くことはなかった。

楽しみのない島に、ときおり来る故郷の便りはなつかしく、どうしているであろうかと案じるだけ。毎日毎日、本当に毎日、頭に浮かぶ妻の顔、母の顔。子供のいる者は、子供のことを思い浮かべたであろう。

どうすることもできない思いも、返事の中にはっきり書けない御時世であった。お国のためということは、つらくむごいことであった。

戦況は日に日に進み、せっかくの物資輸送の船も、途中で、または荷揚げ中に爆撃されることが多くなって、昭和二十年の正月を迎えた。小笠原兵団には、お正月のお祝いの御馳走は、いまも記憶にはない。平日とは多少変わっていたかも知れないが、大したことがなかったので、記憶にのこっていない。

そして、空襲と壕掘りはなおも続けられた。緑の下は、まったくモグラのごとく穴が掘られていた。南国とはいえこの季節、夜は寒い。毛布は各一枚ずつ、寝床はタコの葉を藁ブトンほどに積みかさねて、その上に毛布二枚を敷き、上にかける毛布は一枚二人でかける。これでは寒いので服を着て寝る。

一月半ばになると、空襲が激しくなって壕に寝た。また、虎の子の水も壕内に入れて、安全を期す。

二月に入って、戦況はいよいよ切迫した。その時点で、目崎曹長が負傷して入院したと聴いて、病院壕に行った(現在、米軍のいるコースガードの宿舎の辺りではないかと思われる)。

暗いカンテラの灯に照らされて、憔悴(しょうすい)しきった曹長殿は、重傷であるがお元気で、

「川相伍長、おれは内地送還になるんだ。一週間以内に手紙を持って来い。持って帰ってやるから」

と言われた。大腿部に爆弾の破片の直撃を受けておられる。私は、手紙を書くことを約束して帰った。

毎日の勤務の中、三百メートルほどの距離でも、そうたびたびは行けなかった。帰られる日までにと、一日、二日とたっているうちに中旬に入った。その間に戦況は刻々、急を告げていた。

二月十三日、旅団からの緊急電は、敵大船団の北上中を告げてきた。戦闘部隊は、この一報で戦闘体勢に入り、一切の作業を中止した。この時点からわが川相分隊は、時間交信から常時交信に切り替えた。そうして、通信勤務は二十四時間体制にはいり、

必要品を全部、壕内に入れ、食糧、電池などの受領を受けて、戦闘態勢に入った。目崎曹長は不運な人で、ついに間に合わなかった。気の毒に病床でどうされたであろうか。

さて、北上中の敵勢力は、どうか沖縄へ行ってくれと祈ったのは、私だけではなかったであろう。運命の神はわが意にそわず、将兵の願いもむなしく、真っ直ぐに北上して来る。これを阻止する手段はないのか。航空機も海上勢力も、どうしているのであろう（当時、攻勢をかける日本軍の海上勢力はなかった）。

戦闘準備を完了して硫黄島の将兵は、二月十六日の暁を迎えた。静かな静かな嵐の前の静けさとは、このことであろう。薄明かりの海上遙かに見渡せば、見渡す限り水平線の彼方まで米艦船に埋めつくされていた。もはや硫黄島陥落なくば、この鉄の輪は解けないであろう。生きてふたたび故郷に帰ることはない。何度目か、自分の心に言いきかせていた。

十六日がすっかり明るくなった。七時頃になると、米軍の偵察機がにぶい爆音を轟かせて、上空から偵察を開始しだした。硫黄島は、無人のごとく静まり返っている。偵察機は、その数を増して五機、六機となり、隈なく偵察している。

そのうちに、艦砲の威力偵察が始まった。一発、二発と聴こえていた爆発音は、時が経つにしたがって激しくなり、どの艦がどこを撃っているのかわからない。轟音は島をゆるがせ、生きた気持はしない。

(5) 肉弾また肉弾

十六日から始まった艦砲と爆撃は、翌日もその翌日もとどまるところを知らず、十九日の朝が来た。

艦砲はますます激しくなり、敵機の乱舞は、地上めがけて掃射を続ける。

このとき、旅団からの電報は、敵の上陸を報告して来た。朝からの激しい砲爆と地上掃射は、上陸の前ぶれである。刻々の報告は、続々と上陸する敵軍で、南海岸はごった返している。先遣隊が、隊形を整えて行動を開始しだした。

そのとき、摺鉢山の砲台が、禁を犯して発砲した。その射撃は正確であった。上陸軍は混乱した。

この電報は、兵団司令部を非常に心配させた。さっそく、旅団に対して命令厳守の緊急電が、私の分隊から打電された。この時点では、電話はほとんど役に立たなかった。修理班がいくら修理しても、砲爆のために不通になるからである（摺鉢山からの展望一望のもとに見える敵の行動を、じって見ておれと言われても、極限の戦場では、そう物差しで計るようにはいかないであろう）。

だれが命令したか、的確な射撃で上陸用舟艇を撃沈したが、その報いは惨烈をきわめ、わが砲台の位置が知れて、戦艦の斉射は止まるところを知らず、摺鉢山は砕け、飛び散っているようである。

摺鉢山は轟音と土煙に消えているが、南海岸正面の部隊は、満を持して命令を待っている。正面に敵大部隊の集結を見ているということは、耐え難い苦痛であろう。続々とよせられる電報は、上陸軍の摺鉢山攻撃と、北進のために千鳥飛行場に接近したことである。

十一時、兵団命令は「攻撃せよ」。命令一下、隠忍自重していたわが軍は、一挙に砲撃を開始した。南海岸一帯に布陣するあらゆる砲は、上陸して混雑している海兵、支援の戦車の上に、容赦のない鉄砲弾が雨注した。

敵の混乱は大きく、損害は莫大である。旅団からの戦闘詳報はつぎつぎともたらされ、川相分隊はその電文を解読しては、司令部壕に届ける。薄暗い電灯の光（この時点では、いまだ司令部壕には電灯がついていた）に照らされて、幹部の顔は晴れやかであり、緒戦の戦果を喜び合っていた。私は、この勢いなら、追い払うことができるのではないかと思った。

十九日まで三日間の連続射撃で、日本軍の陣地は潰滅したであろうとの予想を裏切って、その反撃は凄まじく、米軍の死傷は算を乱し、上陸軍は一歩も前進できなくなった。そして、生文で救援の要請電が、しきりに海上の艦艇に発せられている。

敵艦は、上陸軍の惨状を知るに及び、急遽、援護の砲撃を、以前にも増して激しく撃ち込んで来る。日本軍の砲台の位置が判明した以上、容赦することはない。日本軍の砲台には、戦艦の三十六センチ、四十センチの巨弾が無数に撃ち込まれた。

北部落の地下壕にも、ドドッと絶えまない震動が伝わる。緒戦の戦果は、怒り心頭より発する敵の猛攻に、悲報しきりと伝わり、某部隊潰滅、〇〇砲台沈黙と、南の旅団の戦況は、川相分隊を通じて兵団司令部に細大もらさず報告された。

私以下四名、通信手一名、発電手一名、暗号手一名、通信所と兵団間の連絡一名。こうした配役で、相互に協力し合う。

例えば暗号組立、解読は、時間をかけてはいけない。書類から調べ出し、それぞれの電文を作る作業は、戦闘部隊がはなばなしい対敵行動を取るのと違い、地味な、そして一軍の死命を左右するものだ。命令伝達の任務は重大である。

私は、敵来攻と同時に司令部との連絡を最重要と考えて、この任務を自分でやることにした。いかなる状況にあろうと、正確なる電報送受を行なうことが、われわれ通信兵の任務である。部下に、私が一時間以上戻って来なかったら、戦死とみなして、一色上等兵（後に兵長に進級）に指揮をとれと命令して、それぞれ四名が懸命の努力を重ねることになる。

敵が包囲してからは、われわれは孤立していて、食事もつくらなくてはいけない。旅団方面の戦闘はますます激しくなり、砲撃戦から、上陸軍と日本守備軍との間に攻防が展開された。

（こうした戦闘の様子は、史実に記載されているので省略するが、慰霊訪問に渡島された方はご存知と思う。島東北部にある天山の慰霊碑の前に立って南方を展望したとき、遙か南端に摺鉢山が硫黄島の象徴としてそびえ、いま自衛隊兵舎のある滑走路南端は、距離にして天山から三キロ〜四キロである。この間を実に二十日以上の日数を費やしての戦闘をご想像いただきたい）。

各部隊は、肉弾となって強敵に散っていった。三月八日、（注・第一回目の総攻撃の命令が出たが、直前に中止。翌九日になった）ついに旅団は潰滅し、私の壕の至近距離に自動小銃の音が聴こえだした。

毎日十回以上、司令部に往復している私は、戦闘機にねらわれることが多く、日に日に緑がはがされて身を隠す場所がなくなり、伝令がだんだんと困難になった。私の分隊が危険になっていることは、司令部は知っていた。

「今夜、司令部に通信所を移転すべし」

この極限の時期、一個の分隊にまで配慮があることは、よほど重要な任務なくしては捨て置かれたであろう。

移動命令を受けて、暗夜、砲弾が無数に炸裂する照明弾下を、通信に必要な品物だけ携行した。

（壕には、水、食糧、私物は全部、残した。昭和五十四年一月、収骨作業のとき、この壕を開壕した。御遺骨はなかったが、電池がたくさんあった。私が使用した電池で、なつかしかった。そして神田と記名した外被があった。いま考えると、隣にいた鳩班長のものだと記憶がよみがえった。われわれが引き払った後に入ったと思われる）。

兵団参謀部に入って、なお旅団と交信していた。間近にせまった上陸軍は、あらゆる火器をもって昼夜の別なく攻撃をして来る。上陸当時は昼間だけの戦闘で、夜はある程度、退（さが）って警戒していたが、占領予定日数はとうに過ぎて、なお激しい抵抗を続ける日本軍に対して、敵将は猛攻を厳命した。

こうして、だんだんと兵力も火器も消耗していく日本軍に、まるでローラーのごとく攻めよせる敵に対して、肉弾また肉弾となって散る戦闘部隊。硫黄島の戦闘は、戦線がなかった全島が玉砕後まで戦闘をしていたのだ。

(6) 川相分隊の覚悟

さて、参謀部壕に入ったわが川相分隊は、敵の猛攻に、アンテナの切断に悩まされた。壕外に電線が出ていなければいけない。これが敵砲撃で、たびたび切断される。これを修理しなければいけない。これは私が全部、修理した。

壕上に登ってみると、鬱蒼（うっそう）としていた付近の緑はほとんど薙（な）ぎ倒されて、岩肌が荒々しくさらけ出されていた。壕前には民家が一軒あって、空襲のないときには事務所に使用されていたが、タコの木や南国の木が鬱蒼と繁茂していたから、完全に遮蔽（しゃへい）されていた。それが全部、薙（な）ぎ倒されていた。

こうして、末期の戦闘に、私の分隊も、旅団の残存部隊と交信を十日頃まで続けた。この間に、千田貞季閣下（注・第二旅団長、少将）に対して、栗林忠道閣下から感謝の辞と兵団に合流の要請を打電したが、司令部への道はけわしくて、遂に来られなかった。

そして旅団からの音信も杜絶した。配属となっていった第二分隊森山伍長、岩本、河相ほか四名は、どうしているであろうか。上陸以来、心の通う通信をして来た。本当に、この難戦場の耳となって任務を遂行して来たのだ。相手から応答がなくなった（現在であれば、安らかに眠れと祈ることもできるが）。

その当時は兵団地区が主戦場となり、心の余裕はない。旅団との通信が杜絶したら、自分の分隊は任務完了となり、斬り込み隊となって壕外に死に場所を与えられて陣地につくのではないか、と覚悟をしていた。

現に、司令部各部並びに配属各科の兵隊は、それぞれの任務完了とともに戦闘部隊に編成されて出て行った。○○地区を死守せよと命令され、夜のうちにその地点に行き、タコ壺を掘って待機し、敵が来たら一撃を加える。小銃一丁、手榴弾一、二発。

敵は戦車を先頭に、悠々と侵攻して来る。一発撃てば、戦車砲の一撃か、火焔放射を浴びせる。全身に炎を受けて無残な最期を遂げることになり、タコ壺は自分の墓穴のようである（収集作業に何回も歩いた跡に、なお御遺骨が発見されるのも、こうして戦死されているからである）。

しかし、まだ死地には行けなかった。兵団命令は、戦車聯隊との無線連絡を継続せよと命じて来た。戦車聯隊とは、戦闘開始後に通信所が開設されて、中島（呉市出身）、川原（島根出身）ほか二、三名で任務についていたが、この分隊を掌握して、任務を続行することになった。

三月十日〜十五日頃、米軍戦車隊の頑強な戦闘で、武器も兵員もそのほとんどを失い、残存兵力はすくなかった兵団に対して、戦車聯隊より適切なる指導を感謝する旨の報告があり、兵団からは、旅団長と同じく西聯隊長に司令部への合流招請の電報を送ったが、これまた出頭困難という理由で、お出でにならなかった（おそらく、部下と運命を共にする覚悟で居られたのではないか）。（注・敵の攻撃に阻まれて移動できなかった）

開戦以来、眠ったことを覚えていないが、この時期になって、泥のようになって眠った。暗い壕のポケットに入って眠った。硫黄島最後の日が近づいているというのに、疲労極に達して眠った。部下も眠った。

この通信所は、軍医部壕側にあり、参謀部より出てせまく深い谷を渉（わた）って、軍医部壕に少し入った右手の通路に開設していた。

三月十五日の日中は、この谷は通行が可能であった。参謀部壕に用事のあるときは出かけた。

しかし、兵団では、最後の事務的処理がなされていたようで、大本営への通信も限界にきていた。敵はそこまで来襲してきており、銃砲声が激しくなり、わが死守部隊が敢闘している。

第三章——最後の抗戦

(1)　稲田中尉との別れ

この辺りで、私の隊長稲田光太郎中尉殿のことを語りたい。

硫黄島上陸以来、各分隊の配属を終えたが、稲田隊指揮所は、今の北観音より少し兵団寄り、道路から北へ二、三十メートル入ったところ（何回調査してもわからない）にあった。

毎晩、点呼報告に行っていたが、そのうち、私のところに師団通信から、点呼報告に来いとの命令があった。その辺りはよくわからないが、どうやらわれわれは師団通信の指揮下に入ったようだ。稲田隊長は、その後、野草研究官として、食糧確保の一助としての任務につかれた。植物の学問をしていられたのではないかと思う。

そのうちに病気になって、大変衰弱された。携帯天幕で囲った小さな小屋の中で呻（しん）

吟(ぎん)されておられる姿は、気の毒で仕方なく、軍物資のガメた食糧を、鉄兜の中に入れて毎日、差し入れをした。将校とて、兵団司令部は別かも知れないが、配属部隊の待遇はあまりよくなく、そうしたことからひどく喜ばれた。

戦闘になるや、隊長は常に参謀部に詰めておられて、私の電報の授受をされた。私も、つとめて隊長の指示を仰ぐようにしていた。

さて、戦闘末期の兵団には、近隣の部隊から連絡将校が盛んに出入りしていた。それぞれの指示を仰いでは帰って行ったのであろう。あわただしく活気に溢れた雰囲気、これは重病人が死ぬ際に一時、元気そうに見えるあの状態であったのであろう。

こうした状況の中で、進級の命令が来た。隊長は私を呼んで、

「川相伍長おめでとう。軍曹に進級したぞ。これから参謀長のところに申告に行け」

そして自分の襟章（階級章）から星を一つ取って、「これをつけろ」と言われた。

私は、隊長の配慮に感激しながら（当時、階級章は戦闘帽に一コつけていた）、帽子の階級章に星を一つ付け増して二つにし、暗い通路を参謀部（兵団の天然壕が作戦室であった）に行った。

高石正参謀長がお出でになった。配属の一下士官が参謀大佐殿に申告するなんて、夢にも思っていなかったし、話をすることもないのが普通である。それが現実に私の

前に立たれた。私は大緊張のうちに、

「申告申し上げます。陸軍伍長川相昌一は、昭和二十年三月十五日付で陸軍軍曹に任ぜられました。ここに謹んで申告致します」

せまい壕口で大きな声で言上（ごんじょう）した。参謀長は、

「ご苦労。長い戦闘の期間、よくやってくれた、有難う。今後も頼むぞ」

と、ねぎらいの言葉を頂いて、感激これに過ぐるものなく、感涙の声で、

「ハッ、有難うございます」

長い軍隊生活の中で、こんな感激に浸ることはなかった。おれはこの幹部の方々と一緒に死ぬんだ、とそう決心し、隊長に礼を述べて通信所に帰り、部下にも礼を言った（このとき、残存部隊に特別進級があった。私の部下、一色兵長もこのときに進級した）。

三月十六日、壕の中は、いまだ栗林忠道閣下以下、健在であるということで、一般の兵はわりあい平静であった。偉い方がいるということは、大変に心強く感じるものであるが、外の光景はまさに地獄であった。

鬱蒼と生い茂っていた樹木は全部なくなり、砲弾で掘り返され、瓦礫（がれき）だけがゴロゴロ転がっている。壕の入口もほとんど崩れて、ようやく出入りできる状態である。こうした状況の中に、敵はいよいよ来襲してきた。壕上にも、また壕前の通路上に

は、戦車が轟々とやって来た。戦車には、海兵が寄り添うように後から後から来る。

私は壕内の岩陰から、三、四十メートル先を行く敵にねらいをつけ、引金(ひきがね)を引こうとした。そのとき、後ろから「撃つな」と、大きな声でどなられた。兵団司令部の軍曹が撃ったら、大変なことになるではないかと。

一発撃てば一人は殺せる(私は射撃は、割合、うまかった)。しかし、撃った位置のその付近に対して、あらゆる火器をもって攻撃して来るであろう。兵団幹部を思いやる心であることに気づき、私は惜しい目標に背を向けて中止した。

暗い壕内に、どのくらいの兵隊がいるのか、推定もできない有様だ。壕がどこに延びているのか、自分が常に通う通路以外はわからない。

運命の日、三月十七日(私は三月十九日と信じていた。これは私の通信記憶から割り出した日で、兵団幹部が移動してからの通信は三日ほどしているので)、隊長より出頭命令が来た。(注・三月十六日、栗林兵団は大本営に対して決別電報を打ち、十七日を期して玉砕を伝えていた)

私は参謀部に出頭した。二十一時頃だったと思う。

参謀部の天然壕入口に立って、隊長に来意を告げる。隊長の命令が下った。

「川相分隊は爾後、当所において通信任務を続行すべし。兵団は今夜、深更を期して一四五聯隊に合流せんとす」

以上の要旨の命令を受けて、私は驚きを通り越した。

「隊長殿、川相分隊も連れて行って下さい。死ぬ時は一緒に死にましょう」

「川相軍曹、兵団命令であるぞ」

私は冷厳な軍隊の規律に、返す言葉もなかった。偉い人が健在であるということが、われわれの心にどれほど安らぎをあたえたであろうか。

壕外の地獄の状況とは反対に、壕内の空気は一貫して平穏である。それが偉い人がいなくなる。不安な心と冷厳な軍命令に、返す言葉もなかった。

隊長は、私の心をあわれと察し、栗林閣下の意を体して、高石参謀長よりの命令であること、残存兵力の隊長は岡少佐であること、電波放射に依る欺瞞(ぎまん)作戦、すなわち兵団司令部はまだ健在であることを、敵に知らせることが任務であることなど、任務の要旨は了解できたが、何にしても取り残された(親に捨てられた子供のような)心の動揺は覆(おお)うべくもなく、

「では、隊長殿、お元気で」

と、私は参謀部から退(さが)ろうとした。すると隊長は、

「川相軍曹、ちょっと待て」

といって、天然壕の奥に入って行かれた。

天然壕の事務所を見るともなく見ると、淡いローソクの灯影に、兵団幹部の方々が最後の別宴を催されていた。

暗い灯影で幹部の方々の顔はよくわからないが、死を超越したなごやかな雰囲気の中、声高く談笑されておられる。

机の上には罐詰が開かれて、一ヵ月の久しい間、心血をそそいでの戦闘指導は、今ここに修了した。

西聯隊長に対する来壕要請も、この最後のお別れパーテーのお招きであり、長い長い戦闘に関するねぎらいのお言葉を伝えたいという意図であることを感じた。隊長は飯盒(はんごう)の蓋にお酒を汲んで来られ、

「川相軍曹、お別れだ。飲め」

「ハッ、頂きます」

私はぐっと一息飲んで、

「隊長殿、いろいろと有難うございました」

「よくやってくれた。一七通信の名誉だ。元気でやってくれ」

と、主従二人は互いに手を握り合って、とめどなく溢る涙をいかんともしがたく、

しばし別れを惜しんだ。隊長は、

「もう少し待て」

と言って引き返し、恩賜のタバコ五箱を差し出され、

「みんな、よくやってくれた。よろしく申し伝えてくれ」

と言われた。私は押し頂いて、

「では隊長殿」

と、さようならも言えず、涙の別れをした。

出て行く者とて前途に光明があるわけではないが、偉い人が一緒ということは、心強い限りだ。

暗い通路を戻りつつ、いつもはあまり気にとめなかった壕奥の天然壕のところで、ここの重傷者はどうするのであろうと気になった。私がこの壕に入ってから増えた負傷者は、それぞれの陣地についていた兵隊である。真っ暗い天然壕の土の上に横たわり、呻吟（しんぎん）している。

どうするのかと、心に掛かりながら通信所に戻り、われわれが残留することを伝える。他の分隊員は行き、私の分隊は残る。ああ、みんな行ってしまう。おれたちは取り残された。淋しくみじめな気持であった。

そして兵団の兵は、続々と出て行く。私の隊の仲間も、「では」と言って出て行った。稲田中尉殿とのお別れは、未来永劫会うことのできない別れとなった（これに同行した竜前氏の言では、出て行った兵力は約四百名、来代長平大尉指揮下の工兵隊まで辿りつき、夜明けとともに敵の強襲を受けて大きな損害があった。距離にして二百メートル）。

後に残留したおよそ八十名くらいの兵力は、岡少佐指揮のもとに、軍医部壕と呼称している壕に集結した。

この壕は副幹部、管理部、軍医部、法務部、兵団各部が同居していた壕で、戦闘中からずっとこの壕で炊事をして、食事を配給していた。

兵団は健全なりということを宣伝することが、残留部隊に課せられた任務である。私は通信所を軍医部に近い壕奥に移動させて、隊長の指示通り、絶えまなく発信した。当然、敵は目標をこの壕に指向して、翌日も翌々日も、激しい攻撃を展開した。

壕口に戦車砲を突っ込んでガンガンガン撃ち込んで来る。砲弾は突き当たりの壕壁に当たり爆発し、その爆風は逃げ場がないので、横壕にいるわれわれは、爆発のたびになぐられるようなショックを受けた。

煙はもうもうと駆けめぐり、生きた心地なく、その上に各壕口に手榴弾を放り込み、壕上にダイナマイトを仕掛け、ガラガラガラと爆破され、閉鎖されてしまった。

(2) とりつかなかった死神

こうした地下と地上との闘いは、ここばかりではない。日本兵のいるところ、ことに出て行った兵団の兵力の上には、苛酷な敵の強襲が繰り返されていたのである。それも四百メートルほどの近いところで……。

兵団幹部が出て行って二日くらいして、まったく音信が杜絶した。岡少佐殿（大変な御年配で白髪長身であった）にこの旨報告すると、受信を続けよと命令されて、二十三日は終日、受信体制で兵団よりの呼びかけを待った。

その間に残留部隊の幹部で今後の行動の協議がなされたようで、遂に夜になっても応答のないことを報告すると、意を決せられて兵団幹部に合流すると発表された。

思えば長い勤務だった。二月十三日、敵北上の報とともに、無線機に向かって数々の電報送受を行ない、戦闘指導上、重大な役割を果たして、いま、ここに完全に本来の任務から解放されたのだ。無線機はここに置いていこう。携行品は小銃、手榴弾、水筒、雑嚢、書類など一切を、壕の暗い片すみに隠して準備した。

部下が外に出るのは、第一通信所より参謀部壕に移動したときと、このたびが二度目である。硫黄島に来て、常に四人は一緒であった。ここでこの四人がバラバラになって、戦死してゆくことも知らずに出壕を待っていた。

そこへ岡少佐より、先遣隊に通信から兵二名を出せ、と命令が来た。私は、ためらいの気持もなく岡本、田曾上等兵に、先行してくれと命令した。暗い壕の中で、兵の顔色はよくわからなかった。仕度をして行動を待つ隊列の間を、彼らは先に行ってしまった。後に残ったのは、私と一色兵長の二人であった。

たくさんいる兵隊の中で、知った者は全然いなかった。ふと見ると、負傷兵が二、三人、不安そうな顔で、われわれを見つめている。私は、この兵隊たちは、われわれが出て行った後、どうするのだろうと思った。そして、雑嚢に入れていた白米が一升くらいあったか、これを出して、

「食べなさい。われわれは出て行っても、これを食うことはないと思う」

と言って、置いてやった。

こうして、先遣隊の編成とともに行動に移った。壕内は暗く、手さぐり足さぐりで、何十名かの兵が無言で続く。出ると言うことは、死につながる。生きてふたたび還ら

じと自分の心に誓ったとは言え、人間の本能は危険には敏感である。でも、ついて行かなければいけない。ここに居残っても、生きる道はない。

行列は止まった。そして動かなくなってしまった。西側二七航戦壕の方向になる通路から行動しているが、どうしたのであろう。しばらくして、後退を命じて来た。回れ右で、また時間をかけて元のところに戻って来た。状況が悪くて、出られないということである。

先遣隊に出した岡本、田曾はどうしているのか心配だ。でも、ぎっしり壕に詰まっている兵隊で、先頭に行けない。そして時間も、二十四日になっているであろう。

今度は参謀部につながる北出口から、行動を起こした。多くの兵隊と行動する心は、まだ自分を守るという気持である。もちろん、行く場所はわかっていない。ようやく出られるくらいにあいている壕口を、四つん這いになって、つぎつぎに外に出た。外は照明弾が絶え間なく打ち揚げられて、遠近で銃声がしきりにしている。

先発が、現在の米軍の石油タンクのある辺りを為八海岸方面に先行する。私は後部の方で、石油タンクをちょっと過ぎたとき、突如、起こる銃声は凄まじかった。そして銃弾は豪雨のごとく、後を従いて行けばという気持は吹き飛ばされ、無意識のうちに素っ飛んでしまった。

未明のこの戦闘から逃れて、どこをどう駆けたのか、夜の白々明けの頃、気がついてみると、為八海岸の北ノ鼻に近い海岸の天然壕に入っていた。

海側をのぞくと、下は海岸で、波がなんでもない様子で、ドブリドブリと打ち寄せている。湾曲した為八台上の漂流木辺りには、米兵がさかんに行動をして、しきりに銃声がしている。壕内に七、八名の兵隊が、恐怖に満ち満ちた顔色でうずくまっている。

そして、天井の高い両方の出口から丸見えの壕だから、敵でも来れば、一撃でやられてしまう。各兵はみんな、このことを知っているが、地上を奪われたいま、こうして隠れなくては、生命を保つことはできない。

昨夜からの出来事を思い、今後をどう生きるのかと思っていると、突然、銃声がして、壕上から撃ち込んで来た。もう駄目だ、ここで死のう。天井を爆破されて圧死するよりは、いさぎよく外で闘って死のう。

直感的に決心して、おれが一番に死んでやると装具を置いて外に飛び出し、上に向かってパンパン小銃を撃ち上げた。

このとき、敵が手榴弾を一発投下すれば、いまの私はここで戦死していて、みなさんの前には現われなかったことになる。

人の運命は計り知れない。あれだけ撃ち込んで来ていた敵は、私の闘志を無視して引き揚げてしまったのだ。どうしたことか、食事の時間であろうか。

私は、死のうと思って、ただ一人出て行ったのだが、またすごすご穴に入った。緊張しきった気持。またいつ来るかも知れない敵。恐怖に咽喉はカラカラに乾いていた。置いた水筒の水を飲もうと取り上げたが、空っぽである。私が出て行った後、残った者が飲んでしまったのだ。

「貴様たち、飲んだなッ」と怒鳴ったが、元には戻らなかった。そしてこれから、まだまだ厳しい環境がせまっていることを予想して、来るか来るかと緊張の時間が経つ。沖には、まだまだたくさんの敵艦が遠く近く遊弋している。

敵はいまもなお、作戦行動中であろう。兵団幹部と生死を共にすることを誓ったが、いま、どこにおられるのであろう。私の部下はどうしているのであろうか。

こんなことを思っているうちに、昨夜からの疲労に睡魔が襲い、はっと気がついたときは、すでに黄昏どきであった。長い夜明けからこの時間まで起きていたら、大変であったであろう。

そして眠りこけているわれわれに、よくも死神がとりつかなかったと思い、生きていることの不思議さをかみしめた。

(3) 壕の上の敵

三月二十四日の太陽は、われわれの生死に関わりなく、赤い大きな姿で西の海に沈んでいった。もうここにはおれない。水だ、水だ。水を飲まなければ死ねない。昨夜から何も食べていないが、食欲はまったくない。ただ、水を一杯欲しい。井戸の水、谷川の水。水ばかりを連想して、さてどこに行けばあるのであろうか。それはわからない（為八、北ノ鼻は名称すら知らなかった）。

これから夜の行動に移るのに、目標がない（兵団幹部が行った来代工兵隊がどこにいるのかも知らない。後をついて行けばよいと考えていた）。

私は北に行こうと決心した。北以外に知ったところはない。いよいよ、われわれの行動する夜が来た。水を求めて北へ。天然壕へ入るのに飛び降りたが、登るのは大変だ。五、六メートル上に登らなければいけない。足場を探り、ようやく上の様子を偵察できるところに登った。

照明弾は付近一帯、間断のないほど打ち上げられて、銃声もしている。油断はできない。頼りになるのは自分一人だ。十名の生存者は、思い思いに散るであろう。

私は慎重に行動した。まず物音、話し声を聴きもらしたら、死の道である。三歩前進しては偵察(這(は)うと形容した方が正しい)、姿勢はできるだけ低くする。全島の樹木は、ことごとく砲弾に吹き飛ばされている。低い灌木は火焔放射器で焼き払われ、展望はどこまでもきく。

ただ、だんだんと断崖が幾段にも階段状に内陸に上がっているので、その断崖上が非常に危険であった。断崖上に陣地を構築して待ち構えている敵を、警戒しなければいけない。行動を静粛に、全神経を耳に集中して、焼けただれた灌木の中、または崩れた断崖の陰を、あてもなくさまよい歩く。安全の保障のない行動は、われながら哀れであった。

そしてそのうえ、ここは天然壕があったところだなと思われる場所に来ると、腐臭プンプンとして、多くの将兵が退避して爆破、圧殺されたのだと、悲惨な気持をかき立てられる。

いくつもいくつもこうした場所を通り過ぎても、水のありかは見つけられない。水、水、水だ。咽喉(のど)は水を欲しがって、悲鳴を上げている。

　そのうちに、敵の陣地跡につき当たった。丸く岩を積み上げたこの陣地から、機関銃を発射して、友軍を多く殺したであろう。見れば、いろいろの食糧を捨てている。よいものを見つけた。私は雑嚢に、ありたけの食糧と思われるものを入れた。ふと気がつくと、後に続く者がいる。透かして見ると、三人来ている。

　私は黙々と前進した。

　求める水はなく、どこまで行っても、崩れた岩ばかり。照明弾は、われわれの姿を照らし出すように、何百発も終夜、打ち上げられている。やがて夜明けが来るであろう。身を隠す場所を探さなければいけない。

　そのうちに海岸に出た。水がたくさんある。島上は照明弾と銃声がしきりにしているが、なぎさは静かに鼓動していた。

　飲みたい、飲みたい。私は、たまらなくなって手ですくって、潮水を一口飲んだ。しかし、にがからい潮水は、二口とは咽喉を通らなかった。つらい咽喉の渇き(かわき)も、気持を満たすこともなく、だんだんと近づく暁が心配だ。どこか身を隠すところを探さなければいけない。

　海岸をずっと探しても、カニの隠れる場所はあっても、五尺の体を隠す場所はいくら探してもない。早く早く。空はだんだん明るくなる。

ようやく、壕らしいところを見つけた。昨日と同じく天井の高い、ややくの字型に曲がったつつ抜けの壕は、どちらからも奥まで見通しがきくようである。明るくなっては仕方がない。名前もわからない兵隊を先に入らせて、最後に私が足跡を落葉で消して入った。

この天然壕も、両入口は五、六メートル断崖を降りたところにあって、中から外をのぞいても丸見えである。不安な気持でも、行くところもない。夜通しの行動に疲れ切った体を砂の上に投げ出して、生きることの難しさを身に沁みて感じていた。

二十五日の朝日がのぼって来た。あの太陽を浴び、地上を安心して歩くときがくるであろうか。そんなことを思っているうちに、また泥のように眠ってしまった。どのくらい眠ったか、ハッと目をさました。いな、緊張の眠りの中に話し声を聴いたのだ。スワ敵だ。

兵隊を起こして、くの字の一番深いところの壁に、四人はヤモリのごとくへばりついて、どちらからも見えないように立つ。間もなく、はっきり話し声が壕上に来た。敵だ。十名くらいはいる。しゃべりながら二方に別れて、両方の入口を上から偵察して、居るかいないか、話し合っているらしい。

私は兵隊に、「落ちつけ、落ちつけ」と囁き(ささや)ながら、ピリピリ音のするほど緊張し、頭の髪は一本一本、立っている。敵が降りて来たら、万事終わりである。そのときはいさぎよく戦って死のう。

小銃の安全装置をはずして、いつでも撃てるようにして立つ。上の敵は、なかなか去らない。壕の上と両入口の見通しのきく岩の上から、見下ろしている。壕の床は砂で、以前は海水が上って来ていたのであろう。入口の足跡は消したが、中の足跡はそのままである。いろいろと検討しているのであろう。

「落ちつけ、落ちつけ」と言いながら、極限の緊張に耐えている。地上を占領されたわれわれ日本軍将兵の生存者の、自由の日があるであろうか。

長い長い時間、敵に対していたと感じたが、三十分あまりと思われる。天運われにあり、米捜索隊は、遂に下に降りずに行ってしまった。壕内の四人は、身も心も崩れるように砂上に倒れた。

これからどうすればよいのか。前途に生きる道があるのであろうか。絶望の思いにひたっていると、また話し声が近づいた。虎口を脱してホッとしていたのに……。四人は素早く立って、敵に備えた。

温泉浜方面に行って直ぐ引き返す敵は、この壕が怪しいとにらんだのか。敵は前と同じ両入口の上から、中をのぞいている。もうこれで最期だ。今度は降りて来るであろう。

研ぎ澄まされた神経は、両入口と壕上の物音に集中している。ハッパでも掛けられては、こんな薄い天井は一たまりもなく落盤するであろう。いさぎよく外に出て死のう(昨朝は一人飛び出して、敵に攻撃を仕掛けた)。

今日は昨日の反対の姿勢である。死に外れた心境の変化か。壕の上で何をしゃべっているのか、壕の中では生きた心地なく、じっと我慢している。緊張の度が過ぎると、理性を失う。私は我慢、我慢と言って、四人の気分をほぐす。

しかし敵は、今度も下に降りずに帰って行った。なぜ、引き返して来たのか。そしてなぜ、徹底的に調べなかったのか。四人は二度も虎口を脱した。神はわれわれに生きる恵みをたれ給うのか。

(4) 水が飲みたい

午前十一時過ぎ、日暮れまでにはまだどんな危険が到来するかわからない。ああ咽ない。

喉が渇く。一難去って、この渇きはとまらない。どこに水があるのか、捜しにも行け
ない。

静寂の恐ろしく長い一日は、この長さ二十メートルの壕の中で、渇きに悩まされな
がら夕暮れを迎えた。そして、敗走するわれわれには、元気の出る時間でもある。

拾ったタバコに火をつけた。一服吸ったが、渇きが激しくて、捨ててしまった。食
糧も欲しくない。もう丸二日食っていないが、欲しいのは水だけ。水を腹一ぱい飲め
ば死んでもよい。

今夜の行動をどうするか、私は軍医部壕に帰る決心を打ち明けた。その理由は、そ
こに天水井戸があるからだ。そこまで辿りつけば、渇きの解決はつく。死んでもよい、
飲みたい。一方、他の者は、内陸に行くのは死にに行くようなものだ。おれたちは行
かないと。

こうして、意見が二つに別れた。私は自由行動をしようと言って、一人行くことに
決心した。

そして日がとっぷり暮れた。壕から上に登ることが出来ない。ずっと海の方に掘割
になったところを海岸に出て、内陸に向かった。危険地帯だけに慎重に行動する。

北ノ鼻の海岸からは、幾段もの断崖を登って行かなければいけない。ごろごろ転が

っている岩の間を這って、一段登っては上の段を偵察して這う。照明弾も銃声も、間断なく続いている。今夜も、われわれのように当てもなく行動している友軍がいるのであろう。

こうして行動していると、後からついて来る者がいるのに気がついた。しばらくじっとしていると、追いついて来た。小さな声で、

「どこの兵隊か」

と私がいうと、

「師団通信です」

「名前は」

「小笠原上等兵です」

二十四日未明、軍医部壕を出てから、ずっと一緒であった。そして、後の二人は、危険だと言って為八海岸の方に引き返したようだ。昨日から行動した四人、名前も名乗りあう心の余裕もなく、ここに一人だけ氏名がわかった。

「では行こう」

二人はごそごそ這いながら、大体の目標を定めて兵団壕に向かった。そうして、照明弾に照らし出された兵団壕の断崖の突角(とつかく)を認めた。距離にして三百メートルくらい。

帰った、帰った。

喜びの気持で一歩踏み出した足に、硬いピアノ線の引っかかるのを感じた私は、瞬間に大きく飛んで地に伏せた。深く深く。間髪を入れずに火焔ビンが燃え上がり、手榴弾が爆発した。そこへ豪雨のごとく浴びせかけられる銃弾に、じっとして身動きもできない。

何分か後に、ようやく静寂が戻った。小さな声で、「オイ」と後ろに呼びかける。「ハイ」と返事が返って来た。無事だ。私のところに這い寄ってきて、

「凄かったですね」

と言った。二日間の敵中横断で、気持がだいぶ冷静になった。私は、

「今度はあの突角を目差して駆けるぞ」

と言って、脱兎のごとく走った。二人が転げては走る影に、敵は容赦のない射撃を繰り返した。私は、かまわず走りに走って、兵団壕の死角に飛び込んだ。二人は大きな冒険に勝った。敵は重機関銃を撃ちまくったものの、二人を逃してしまった。

さあ水だ、見覚えのある天水井戸に近づいてみると、だいぶ埋まっているが、照明弾の光の中に、井戸の底に水が光っている。あるある、水がある。私は飛び込んだ。そして隅の方にある水を飲んだ。美味(おい)しい水。私は飯盒(はんごう)に一杯くらい飲んだ。小笠原

も飲んだ。

帰って来てよかった。地形もわからないところを彷徨(ほうこう)していても、水はない。私は飯盒に一杯汲んで、軍医部壕に帰った。壕にはまだ二十名くらいいるらしい。出て行くとき、米を置いてやった負傷兵は、戻った二人を、喜んで迎えてくれた。そして飯をたいてくれた。腹一杯飲んだ水と、比較的、安全性の高いこの壕に帰ったことで、元気が出た。食欲も出た。丸二日食べなかった腹には、一杯の白飯は、山海の珍味にも勝る御馳走であった。ようやく人心地がついて、負傷者に、

「ほかにだれか帰ったか」

「だれも帰りません。あなただけですよ」

だれも帰ってない。私の部下も全部、戦死したのであろうか。行動中、敵陣地で拾った敵の食糧を出して分け与え、出撃中の出来事を語り、深更になって寝る。

壕内は暗い。どのくらい寝たのか、壕口のかすかなすきまから光が差し込んでいる。

帰って来たが、これからどうすればよいか。いつまでも負傷者の飯を横取りするわけにいかない。外に出るのは早い時期がよい。米軍の捜索は、だんだん厳しくなる。

壕内には、負傷者がたくさんいるではないか。行かなければいけない。

「小笠原、行こう、参謀部の壕へ、あそこには何かある」

いまは部下のことも、移動した司令部の消息なども、考える暇はない。暗くなって、二人は入った入口をまた外に出て、参謀部の断崖に添って、ネズミのごとく走って入口を探す。

〈道路側に、三ヵ所の入口があった。現在〈昭和五十五年〉の入口は、その頃は知らなかった。天然壕の入口、これが一番大きく、ここから断崖に向かって、右に二ヵ所あったと思う。この全部が爆破されて、入口がわからない〉。

時間が経つ。早く入らなければ。這いながら、断崖の壁を手で押して移動する。天然壕の入口から右にだいぶ戻ったところに、手がやわらかくすっと入った。ここだ。今度は足で突いた。体が入るくらいの穴があいた。私は足の方からすべり込んだ。中に入ってローソクに火をつけた。二人はそろそろ奥へ。どうやら、兵団幹部が移動した後、敵の火焔放射器の攻撃を受けて、壕壁は黒く焼かれていた。そうして、黒く焦げた遺体がうずくまっている。まだ残っていたか、または他隊の者が入って遭難したか。

そこを通り抜けて、幹線通路に出て右へ。目標は奥の天然壕である。巨大な壕は、深々と静まり返っている。天然壕の前に来て、奥をすかして見ると、木箱らしいものが見える。食糧だ。

「あるぞ」

　小笠原上等兵に歓びを伝えて、一歩、足を踏みだした。

　異常な感触が伝わって来た。ローソクを足元に照らして見ると、そこには十数体の遺体が寝かされて、頭の方に毛布を覆い、足の方が出ていて、その足は大きく大きくはれ上がり、肉体が崩れる一歩手前のようだ。兵団幹部が移動するときに、チラッと気になって通り過ぎた重傷者が、薬品処理されたのであろう。

　感傷に浸って躊躇している暇はない。板切れを見つけてそれを遺体の上に乗せ、その板に一足かけて奥にとび、箱のところまで行ってみると、あるある、水飴、カンパンほか、たくさん残っている。いいものから持てるだけ持って、小笠原上等兵に、

「帰って、動ける者、全員連れて来い。今晩、全部運ばないと、明日は敵に察知されて来られないぞ」

　彼は帰って行った。

　私は一人で壕内を偵察する。そろりそろりとローソクの光で、参謀部事務所の天然壕に向かった。

　途中、黒焦げ遺体がある。焼けただれた壁を手探りで、たくさんの遺体の眠る壕内を一人で行動することは、いかに極限の環境の中といえども、良い気持はしない。幽

気を感じ、いまにも遺体が動くのではないかと異常な気持になる。

事務所に行ってみると、戦車砲に撃たれたか、落盤が激しく、机などは土砂の下敷になり、わずかに水を貯蔵していたドラム罐が、顔をのぞかせているに過ぎなかった。事務所での収穫はまったくなく、壕内半分くらいを偵察したが、負傷者の遺体だけが悲しい……。

一時間あまりで、ようやく人の気配がして十名ほど来た。残らず持って帰れと言って、壕内を見て回ったが、われわれの生活の糧（かて）となるものは、ほかにはなかった。

そして、ここで遺体となっている負傷者と、今後起こり得る事態に関連する衛生下士官の去就について知る由もなく、当時の状況の中、十数人は莫大な戦果を上げて軍医部壕に引き揚げた。

(5)　壕生活の日々

参謀部壕から持って来た食糧は、乾パン、水飴、糯米（もちごめ）と、鱈（たら）をほぐした携行食。上陸以来、見たこともない水飴のビン詰めは、素晴らしい食糧である。今晩は、この中の水飴を水で溶いて飲んだ。甘くて美味しい。まったく美味しい。

壕内の兵隊に、元気が満ちてきたような気がする。帰って来てよかった。みんなの喜ぶ顔を見て、今後の責任を感じる。明日の生命がわからないとはいえ、食糧がたくさんあることは力強い。

この壕では戦闘前、軍医部で治療がされていた。いまは、その当時の住人はほとんどいなくなり、かわってわれわれが入っている。よくわからないが、衛生下士官が残っており、医薬品をかなり持っている様子だ。私は、食糧の供給を条件に、負傷者の治療を要請した。以来、ずっと続けてもらった。

壕内の警備体制も、今別府少尉殿の命令を伝えに来たM憲兵軍曹との話し合いで、場所を決めて壕内の自治を決定した。

こうして三月二十六日も過ぎて眠っていると、突然、壕口が外から掘られ、自動小銃を撃ち込んで来た。驚いて横穴から見ると、入口がポッカリあけられていた。入って来る気配はないが、神経を尖らせる。

そのうちに、向かいの横穴から、大城上等兵が応射しだした。しばらく、内と外との撃ち合いが続いたが、ハタと銃声が止むと同時に煙弾を放り込まれて、ダイナマイトで壕口を爆破されてしまった。暗黒の闇の中に、もうもうと舞う異様な臭いのする煙とほこりに、防毒面をつけて警戒に当たる。

全部の壕口を塞がれた壕内の空気は、終日淀(よど)んで、心の安まることはなかった。潰されたとはいえ、崩れたスキ間からかすかな光で日暮れを知り、ようやく夜の自由ではないが、外に出られる時間を待つ。

待ち遠しい行動の時間が来た。恐ろしい死が待つ壕外へ。夜の行動しかできないので、地形がよくわからない。ことに、敵の陣地は状況によって移動する。今夜のように昼間攻撃を受けた夜は、ことに危険だ。

しかし、出て行かなければ、食糧がなくなる。われわれ元気な者が、負傷者を養わなければ、みんな飢えてしまう。壕を出るときは、イタチの嗅覚そっくりの慎重さで付近を偵察し、聴き耳を立て、異常な感じないと出て行く。

戦う武器は小銃だけ。これでは、攻撃ということは考えられなかった。不思議と、この壕口は、敵の目標にされることなく出入りをしていた。

四月に入っても、毎夜のように出て行った。敵の空陣地に捨てられた食糧、二七航戦壕に行って米を取って来た者。無尽蔵の砲爆弾を打ち込まれ、その上にハッパをかけられ、無残な姿に変わった瓦礫の原野に、死臭鼻をつき、土饅頭(どまんじゅう)が至るところにある。米軍が日本軍将兵を埋めた跡である。

そして不発弾がゴロゴロ転がって、今の時世であれば、危険だとして大きな政治問題になるところだ。この当時、いまなお小戦闘が続いている戦場では、足元が危険どころではない。一瞬の油断は、その瞬間、自分の生命を断たれるのだ。敵より早く、敵の位置を知ることが先決である。

生きるためには、また知恵も湧く。水が乏しくなった。外に出るたびに、地を這いながら手に当たる罐詰の空罐を探す。空罐がたくさんある。中には上向きになっているものもあり、雨水がたまっている。これはいいものを見つけた。ちょうど持っているゴム袋に空罐の水を受けて、また上向きに置くと、また水がたまる。こうして飲むだけの水を確保した。

つぎは、貨物廠壕(かもつしょうごう)を物色しなければいけない。壕内で寝ては、夜の行動を考える。

四月初旬のある日、参謀部壕の同じ断崖を東に少し行ったところの貨物廠壕に、小笠原上等兵と二人で行った。今日も敵の照明弾が無数に打ち上げられている。

断崖の下を這いながら進んでいると、前方に音もなく二、三十名の友軍が、北の鼻方面に向かって移動して行く。その姿は、一ヵ月の戦闘で疲れ切った様子を見せている。そして軍服はぼろぼろになり、小銃もろくに持っていない。まさに敗残兵とはこの姿か。

わが身も同じ姿。自分をかえりみる暇なく、異常な場で百鬼夜行という言葉は、このような光景をいうのか。無残な格好で行く兵隊。行く当てはないであろう。

銃声は、相変わらず遠近で間断なくしている。今夜も多くの犠牲者が出ていることであろう。

大胆すぎる大きな集団を見送って、貨物廠壕に行ってみると、かすかに壕口があいている。そこから中に辷(すべ)り込んで、ローソクの灯で物色すると、たくさんの木箱が積んである。食糧の箱である。貨物廠は軍の食糧庫である。何かある。そんなことを思っていると、突然、奥の方から曹長が出て来て、

「何しに来たか！」

と怒鳴られた。

生死の境を彷徨している時期であるが、驚いた。人の気配をまったく感じないところから出て来て、

「出て行かなければ、打ち殺すぞ」

と、まったく敵に対するような言葉が投つけられた。私は、

「食糧がないので、捜しているのだ。入口が空いているから、入ってみた。あれば恵

んで欲しい。もう一日、食べていない」

と訴えた。彼は言葉を柔らげて、

「ここにもないが、これを持って早く帰れ」

と、鮭の罐詰を二つくれて追い出された。

まったく食糧のないということは恐ろしい。味方も敵になる（こうした現象は、日が経つに従って、顕著となり、徐々にわれわれの壕内でも骨肉の争いが起きたのだが）。

貨物廠の壕を出て、その台上を少し戻りかけると、また闇の中から、大きいのと小さいのと二人がよたよた歩いている。今晩はこの辺りには、敵の警戒網はないらしい。近寄って来たので、「どこの者か」と尋ねると、「迫撃砲だ」と答えた。だいぶ怪我をしているらしい。

「行く当てがあるのか」

と私がいうと、大きい方が、

「行くところはない」

闇の中でこんな会話の末、このまま捨て置くと、敵の犠牲になるだけだと、私は決断して、

「俺のところに来ないか」

といらと、彼は、

「お願いします」

で、こうして、その夜は食糧の収穫はなかったが、二人の兵隊を連れて帰った。

この時期、増員は食の問題から考えれば、自分たちの首を締めるような行為である。しかし、私の気性として放っておけなかった。独歩患者は治療してやれば、また役に立つ。喜んでついて来た二人を仲間に紹介し、鈴木伍長と山下清一一等兵と判明した。

(6) 耐えられない苦痛

四月初旬、まだ無線機は受信が可能であった。米軍が沖縄に侵攻したラジオ放送を聴いていた。硫黄島で、莫大な物資と兵員の犠牲を出して日も浅いにもかかわらず、優勢なる戦力を整えて、日本本土の西端に大攻勢をかけている。持てる国の偉大な戦力に、ただ驚くばかりである。

この頃から、壕外よりたびたび壕口があけられて、攻撃がかけられた。機銃が撃ち込まれて、壕口を崩すことが繰り返され、われわれの受け持ち区域は、毎日が戦闘状態となった。内からの抵抗を判断して、相当の日本兵がいると予想してか、執拗にやって来た。

それまで気がつかなかったが、機械を使用する音を聴いた。ブルドーザーで、壕口を掘っているのであろう。昼間、掘っては、ダイナマイトで壕口を潰し、また明日は掘る。昼間の敵の攻撃に、精神的にも肉体的にも耐えられない苦痛を自覚しだした。

それでも、夜が来れば外に出て行った。何かを持って帰ることが、生命の延長の源泉である。

夜の食糧探しと昼間の敵との戦いに、精神は日増しに尖鋭化していった。そんな事態のとき、敵が突然、入って来た。急に壕口を掘る音がして、外から光が壕口を明るくした。驚きに驚いて、急ぎ奥に退避して警戒していると、一人、十メートルばかり入って来た。

米軍か日本捕虜か、よくわからない。しかし、侵入者とは断固として闘わなければならない。私は腰につけた手榴弾を、いきなり投げつけてやった。轟然たる爆発で、てっきり死んでいると思ったが、しばらくして、壕口が潰されたので行ってみると、死体はなかった。爆発前に逃げ出したのであろう（昭和五十二年、遺骨収集に行った際、同行の群馬県の竜前新也氏に話したところ、それはおれだと、当時のことを語り合った）。

　こんな毎日の中に珍しいこともあった。軍医部壕の台上に水を求めていると、為八か漂流木付近か、夜目で距離がよくわからないが、米軍は映画を上映している。まだ敗残兵がいるというのに、こんな娯楽を楽しんでいるのだ。大国的な国民性の相違は、われわれには想像もできない。

　また、ある日、かすかな壕口のすき間から、外を眺める。昼間の外観は滅多に見られなかったが、たまたま、その日は静かな静かな日であった。すき間から眺める四月中旬の外景は、醜い瓦礫（がれき）の肌の間から、青い芽が少し出ている。

　夜の行動で、砲弾に裂（さ）かれた樹木の残骸が化物（ばけもの）のように見えていたが、この株からも新しい芽が吹いている。叩きに叩かれて地下に沈められた植物のたくましい生命力。それに引きかえ、人間の生命のはかなきことよ。

　われわれは太陽の燦々（さんさん）と輝く下を、歩くことがゆるされない。明るい昼間の外景を眺めながら、妄想にふけっていると、轟々たる爆音を轟（とどろ）かせて、Ｂ29が北の方から帰って来た。

　視界のきく空を見上げると、四発のエンジンが二発動いているもの、三発動いているもの、いまもなお、内地は激しい空中戦が続いているのであろう。一機はとうとう海に突っ込んでいった。落下傘が四つ五つと、ゆらゆら降りて来る。本土の反撃も熾(し)烈(れつ)を極めているようだ。

内地は、どうなっているであろう。故郷の山河を思い浮かべて、母は毎朝早く、八幡様に武運長久を願ってお詣(まい)りしていたのに、その願いも空しく、玉砕したとの報に、妻とともに悲嘆に暮れているのではないか。結婚して半年、頼る夫のいない毎日、どんなに悲しんでいることか。

暗い壕の中で、故郷の山河や家族のことを想い浮かべ、思い焦がれていたのは、私だけではなかった。

(7) 暗い壕の中の葬い

こうした平穏な日もあるが、壕内の雰囲気は徐々に暗く、陰険な空気が感じられるようになってゆく。

四月半ばを過ぎたある日、いつの間に入って来たのか、海軍設営隊の軍属と所属不明の兵が同居していた。別にとがめる者がいないので、住みよかったようで、ほかへ行こうともしなかった。

この二人の間で、ある日、轟然たる銃声がした。一人が「ううん」とうめき出した。突然のことで、驚いてカンテラの光を差し出して見ると、軍属が銃を持って呆然として見ている。

うめき声を出しているのは、所属不明の兵隊である。私は暴発だと直感した（その頃は、常に安全装置をはずしていた）。私は軍属に向かって、

「貴様、銃をもて遊んでいたな！」

怒鳴ったが、起こってしまった事故は、元には戻らなかった。さっそく、衛生下士官に治療を依頼して診てもらったが、

「至近距離の骨部貫通銃創では、私の手ではどうにもならない。ガスエソになるが、処置ができない」

と言って、外部を治療する以外に方法はなかった。

患者は時間の経つにしたがって、苦痛を訴えだした。わずか二メートルの距離からの暴発ではたまらない。撃たれた向こう脛は紫色に膨れ上がり、痛々しい姿は見ていられない。そして苦痛を訴えることは日に日に増大し、それに応えてやる術もなく残

酷な日が過ぎてゆく。

明日はわが身に、このような事態が起こるかも知れないと想像しながら、生きる希望のもてない極限の壕生活に、悲惨な事件の持ち上がったことに、兵隊たちは暗然として、ただ見守るばかりであった。撃った軍属は、よく看病したが、苦痛を柔らげてやることはできなかった。

患者は、遂に妻の名を呼び出した。常日頃、故郷のことが頭にあったのであろう。

「岸に迎えの船が来ている。早く連れて行ってくれ、〇〇子よ、〇〇子よ」

と、痛ましく叫び続ける声は、われわれにとって耐えられない気持にさせられた。三日三晩、苦痛を叫び続けて、妻の名を呼びながら臨終が近づいた声は、だんだんと小さくなり、思いを込めて叫べども、何ものも満たされずして、遂に死にいたってしまった。

軍医がいれば、助かっていたかも知れない。その心情を察し、かわいそうでたまらない。

暗い壕の中で、暗い葬い(とむら)をして天然壕の片隅に埋める。兵隊を一人殺した軍属は、終始よく面倒を見たが、その心境は想像にあまりあるものがあったであろう。その後、いつの間にかこの壕から姿が消えてしまった。この人もまた、どこかで硫黄島の土となったのではないだろうか？

四月も後半になり、外に出ることが少なくなった。もう行くあてがなく、危険を感じるようになった。出て行って帰らない者が出て来た。軍属もその一人である。

こうした状況の壕内に、今度は別な空気が感じられだした。Uという兵長が、M憲兵（硫黄島での憲兵の任務は、反戦思想者、軍の物資など窃盗の監視等で、多くの犯罪者を出していた）の拳銃を首にぶら下げて、壕内をうろつき出した。彼が司令部の物資の移動以来、外に出たことを、私は覚えていない。当然、食の問題が起きて来る。

こうした食を背景にした威嚇的、暴力的な態度は、蛇蝎に価する行為で、食事どきになると、いつの間にか暗闇の中から現われて、拳銃をもて遊びながら、

「川相軍曹、ご馳走ですなあ」

と言ってのぞき込む仕草は、悪役そっくりだ。

その頃の食事は、鱈と糯米を練った携行食を水でうすめて、おかゆ状に煮たてて食べていた。結構、いける食事である。

「どうだ、一杯食わんか」

「頂きましょう」

と彼は、食っていくが、その態度には、食事を提供された有難味をミジンも感じさ

せるものがない。

こうしたUの横行が頻繁になり、一方で外に対する警戒は厳しさをまし、敵の攻撃の矢面に立たされている当分隊なのである。そこには感情的に面白くない空気がかもし出されて、壕内の空気がだんだん兵隊の気持を不安がらせていった。

今別府少尉またはM憲兵が、その上級者の指揮権をもって善導していたなら、つぎのような惨劇は起こらなかったであろう。不安は不穏な空気に変わり、莫然と予想していた予想が現実となって壕内を戦慄させた。

四月下旬のある日、今別府少尉所属の上島という上等兵が私のところに来て、

「川相軍曹、自分をあなたの分隊に入れて下さい」

と言った。私は直感した。おそらく食糧のことで、U兵長に痛めつけられているのであろう。私は、いまの壕内の空気から、素直に、よしよし来いとは言わなかった。そこで、

「来てもかまわないが、今別府少尉の許可を得て来い。君の食べる食糧はこちらにあるから、持っている食物があれば全部、置いて来い」

と、食糧に気を遣って強調した。彼は喜んで帰った。

私は、これ以上、壕内の空気を乱したくないという配慮をしたつもりであったが、

案に相違して、しばらくたつと、隣の山下伍長が、上島上等兵はU兵長に撃たれたと連絡して来た。何かが起こると予想していたことが、こんな形で起きるとは意外である。

いまは敵に対するのでなく、味方が味方を警戒しなければいけない。仲間を殺す非道な所業が、どうして起きたのか。あれほど気を遣って忠告したのに、上島上等兵はどう受け取ったのか。今別府少尉は、制止しなかったのか。

そこのところは、いまもって謎のままである。ただ想像するなら、上島上等兵の心情としては、私から食糧を持って来るなとの忠告はあっても、体一つで行くわけにゆかなかったのではないか？　そこにUとのいざこざがあったのではないかと、憶測される。

いずれにしても、壕内はこのショッキングな事件で、ますます兵隊の気持を尖鋭化させていった。

一度、今別府少尉と話し合いをして、なんとかこの不安を取り除きたいとも考えたが、いつ壕に入られたか、一度も外に出たこともなく、また悪戦苦闘している私の受け持ち区域に一回として見回りに来ない将校と話しても、結論は出ないであろう。そう思って、私の方から行かなかった。

この事件の背景には、食糧の保有量の差があり、それがはっきりしだしたことで起きたと思える。

この壕に帰って一ヵ月、この間に、分隊単位の私のところでも、元気でも収集にゆかないもの、行って取って来る者とさまざまだ。そうなると、個人で内緒で貯える者がある。食糧のなくなった者が、持てる者をゆする。

こうしたことが抗争の原因であり、今後一週間もすると、ない者とある者の格差がますますはっきりし、その時点を考えると、背筋を戦慄が走る。今後をどうしたらよいか。来る日も来る日も、そのときを考えて悩みに悩む。

M憲兵も来なくなってしまった。負傷兵も、完全とはいえないが元気になった。せっかく元気になった兵隊が、骨肉相食む同士打ちは避けなければいけない。

何か打開の道はないか。一番よいのは全部、出し合って平均に分ければよいが、それは不可能であろう。暗い壕の中、どんなごまかしがあるかわからない。まして生命をかけて収集した食糧を、働かない者に分けるほどの余裕はなかった。

どうしたらよいか、悩み考えた。一つの道は壕を出ることだ。われわれは極限の環境にあるが、人を殺してまで生き残るという考えはなかった。

第四章——捕虜の汚名

(1) 出壕の日

出ても行く当てはないし、出た途端に敵の餌食になるかもわからない。それでもよいではないか。国のために戦場にある兵同士の撃ち合いよりは、戦死の方が名誉である。だが、出てもう一つの道、それは万が一、生きる道を歩むとき、それは屈辱的な、軍のもっともきらう捕虜の道を歩くとき、精神的に反逆行為であり、消すことのできない汚名を背負うことになる。

しかし、いつまでも時間を掛ける余裕はないのだ。われわれの分隊にも、そうもたくさんの食糧はない。決断は早くしなければいけない。

眠れない日が続いたが、五月になった。もう延ばすことはできない。

意を決して、一緒に寝ていた皆川、大城両君に、壕を出ることを打ちあけた。

やはり、予想の通り速決は望めない。心に掛かる一事は、不穏な壕内とはいえ、こだわりの気持を整理するのに時間がかかる。私は二、三日の猶予をもって、全員の意見をまとめて欲しいと結んで、この話は打ち切った。

もう外に出ても食物はない。貯蔵の食糧がなくなる日も、そう遠くのことではない。そのときの事態を思い、壕を出たからといって生命の保障もない。米軍を苦しめた日本兵をどのように扱うのか、とつおいつ苦悩の日が過ぎてゆく。

しかし、賽(さい)を投げたのは私だ。煩悩の渦は、頭の中でぐるぐる雪だるまのごとく大きくなるばかり。数日して、みんなの心が決まった。出壕することになった。心が決まった以上、もう悩むまい。

このような気持で、五月四日の夜を迎えた。この壕生活の最後の晩餐会を、ささやかにおこなった。なんにもあるわけではないが、分隊員川相、皆川、大城、小笠原、石川、宮方、鈴木、山下、八名が一ヵ所に集まって、なけなしの食事をした。そのとき、常に当分隊の動静を見ていた隣の分隊長山下伍長が私のところに来て、

「明日、一緒に連れていってくれ」と請われた。

「出るのは自由です。でも、なんの保障もありませんよ」

と私は、念をおした。彼は脇腹を砲弾の破片でえぐり取られ、内臓は内膜だけで保

たれていた壕内一番の重傷者であったが、かなり回復を見ていた。

こうして四日の夜は、何事もなく平穏に過ぎていった。

五月五日は出壕だ。

外に対する不安と、残留する者がわれわれの意途を察知しないかと不安があったが、朝は壕で最後の食事を煮る。

携帯燃料のアルコールの臭い、長い間、お世話になったなつかしい臭いもこれでおしまいだ。朝食だ。この世の最後の食事になるかも知れない。みんな複雑な感情でいるのか、言葉があまりない。残りの水飴を溶いて、別れの盃に替えて食事を終える。

さあ出壕だ。兵器は置いて出ることにした（この時点、私は小銃弾を十発持っていた）。今別府少尉に気づかれないように出なければいけない。全員を軍医部の天然壕に集めて、

「おれが一番に出る。もし銃声がしたら、各自の考え通りにせよ」

と言い渡した。そのとき、貨物廠に行ったときに連れて帰った鈴木伍長が、

「川相軍曹、私が先頭に出る。出させてくれ。今日までの厚遇の恩返しをしたい」

と申し出てきた。しかし私は、私が心に決めていたことを実行したい決意であるため、下士官二人の間で、おれが先だともめだした。

残留者に気づかれては危ない。時間のたつのを心配して、兵隊たちは仲裁に入り、鈴木伍長の言を入れるべきだといって、遂に私の意志をまげてしまった。

天然壕の入口は崩されて、天井に穴があいている。兵隊たちは鈴木伍長の尻を押し上げて、やっと出口に這い上がった。われわれのいる地面から三メートルばかり上の穴から、涼しい風は入るものの物音一つしない。

外に出た鈴木伍長は、どうしているのか。青い空をながめながら、待機しているわれわれは、じりじりしている。

早く出ないと気づかれる。そんなことを思っていると、ようやく上から上がって来いと、のぞき込んだ。鈴木伍長と米軍将校の顔である。

心にこだわりはあるが、つぎつぎと下から押し上げ、上から引っ張り上げてゆく。私も何人目かに壕を出た。壕口に米軍将校とハワイの日系二世兵士がいて、出壕したわれわれの世話をしてくれる。

周囲の高いところに、ＭＰが自動小銃を構えて警戒しているが、にこにこ笑っている。汚い日本兵がつぎつぎに出てくるのを珍しげに……。

私はこうした雰囲気に、生命の保障を直感した。

米軍将校は日本語がとても上手で、上がって来る日本兵に、「ご苦労さん」と言っ

て、タバコと水をくれた。そうして二世兵士は、

「戦闘はとうに終わっているではないか。いつまで壕にいるのだ。早く出て来ればよかったのに」

と、江戸っ子弁でまくし立てる。言葉に暖かいものが感じられた。

いままで抱いていた壕生活の不安と、出てからの最悪の事態の想像がうたかたのごとく消えてしまった。二月十五日以来の壕生活から三ヵ月あまりたった五月五日の太陽の輝きを全身に浴びて、だれもが緑色の肌に見える。

鈴木伍長が最初に出て、予定人員が出壕したのは一時間あまり掛かっていた。

壕のスキ間から垣間見ていた外の景色と、真昼の戦後の全景に大きな相違があり、瓦礫の原は夜目に見た景色と変わらない。

まだまだ醜い地肌を曝しているが、火焔放射器で焼かれた樹木は、どんどん芽を吹き、日本軍の肉弾攻撃で破壊された戦車の残骸、断崖の全部は、爆破された戦闘の跡が生々しい。

こうした風景の遠近に、米軍は道路工事に、戦場掃除に、いたるところでブルドーザーを駆使している。飛行場では轟々と響を立て飛び上がる航空機。本当に二世が言うように、硫黄島の戦闘は終わっていたということがわかる。

(2) 虜囚の第一歩

しばらくして、われわれを運ぶトラックが来た。全員が乗って西部落を通り、西海岸の噴火口の北にある捕虜収容所に運ばれた。砂上に有刺鉄線の柵で囲まれた正方形の幕舎がわれわれの宿舎である。先輩がたくさんいる。

収容所の付近には、米軍の巨大なロケット砲座が北方をにらみ、その隣に海水から真水を取るでかい設備が建設されている。海上を見れば、水陸両用自動車が沖の輸送艦から荷物の沖取りをしている。

米軍のあらゆるものが日本軍を圧倒しているように見受けられ、大和魂だけではどうにもならない偉大なる戦力に、ただただ驚くばかりである。

収容所の前でトラックから降ろされたわれわれは、そこでPOW（注・戦時捕虜）と刷り込んだデニムの囚人服を支給されて、着ているボロボロの服は脱がされた。素裸になって、大事なところにDDT（注・殺虫剤）を吹きつけられて、日本軍では使えなかった真水をふんだんに使い、全身を洗って囚人服に着替えた。

こうして、鉄条網の間を潜って収容所に入った。八十人はいるであろうか。捕虜の先輩は、われわれを迎えてくれた。

時刻は正午になっているらしい。昼食の準備がされている。今朝からめまぐるしい身辺の激変に食欲はないが、厚意の食事は摂らなくてはいけない。どこから取って来たのか、日本の干しうどんを煮込んでいる。米軍の携行食と日本軍の食糧を取り合わせた食事は、生鮮食料でないにしても、硫黄島上陸以来の御馳走であった。

午後、米軍医の健康診断があり、負傷者の要入院者は連れて行かれた。病院であろう。ボーボーの髪は散髪し、ひげを剃ってようやく人間らしくなった。後で簡単な尋問があって、一日が暮れた。

夕食が済むと、われわれのねぐらに電灯がついた。外の柵の四角の櫓には、投光器がこちらを照射している。今朝までの暗黒の壕内生活と打って替わった環境に、戸惑い気味であった。先輩を見回したが、知った顔はなかった。私の部下も、一緒に来た戦友も、だれもいない。

仮の安住の幕舎の一夜。先がどうなるのか、虜囚の第一歩を踏み出し、何十年もその一事に悩むことの余韻を気遣いながら、いつのまにか深い眠りについていた。

翌日もまた、よい天気である。米軍はわれわれの後に残った者を連れ出して来た。あの憎んでもあきたらぬUも、のこのこ出て来ている。こんなことなら、もっと早く決心していれば、あんな不祥事が起こらなかったであろうに、残念なことだ。しかし、あの陰惨な事件がなかったら、まだまだあの暗い壕の中で呻吟（しんぎん）しているであろう。

M憲兵の顔は見えるが、今別府少尉の顔は見えない。出て来た者に聴いて見ると、衛生下士官と二人は自殺したということである。生きんとして生きてきたのに、なぜこの期になって、暗い壕の中で死ななければならないのであろう。

あの衛生下士官は、参謀部壕の重傷者を、命令とはいえ薬品処理をした自責の念に、生きて還ることができなかったのではないか？　まことに痛ましい事件の連続で、呪われた壕であった。

兵の一人一人がそれぞれの気持で生きていたことを知らされて、死を選んだ人の気持もわかるような気がする。

人間、権力の座につくと大変強いが、一度その権力が地に落ちると、弱いものである。数々の出来事に逢着（ほうちゃく）して、あらゆる階級、兵種の上級者または特別職にあった者ほど低姿勢である。米軍の前には虚像でしかなかった。

ただ、これから先の数々の収容所にいたるまで、捕虜同士で、米軍に協力した者に対するリンチが加えられたことに非常な怒りを覚えた。いかなる情況の中で捕虜になった者も、捕虜は捕虜である。協力した、しないを論じて体罰を加えることこそ、ナンセンスである。そんな気に入らない行為であれば、捕虜にならないで自殺でもすればよいのに、私刑を見るたびに苦々しく思わずにはいられなかった。

捕虜になって幾日か後に、戦場清掃に千鳥飛行場に行った。この飛行場は、日本軍の戦闘機がいたところだ。敵上陸三日くらいで敵戦闘機が活躍して、硫黄島戦を援護した飛行場である。

いまは硫黄島戦で散った米軍将兵の墓地となり、何千という十字架が整然とならんでいる。米軍将兵も、多くの犠牲者を出したことであろう。

しばし黙禱を捧げて、壕埋めの作業をする。作業は硫黄島にいる間に二回出たが、あまり重労働ではなかった。それも収容所の近くであった。その他は毎日が狭い収容所の幕舎の中で暮らした。

無聊と戦争の囚人となった心の惑い、むなしい思いを払いのけるように、盛んに歌が唄われた。その歌は、哀切をおびた故郷を想い、内地を偲ぶ歌が多かった。

生きているとはいえ、前途に何が予約されているのか。先の不安も交錯して、物思いにふけるのが恐ろしいほどであった。なんにも思うまい。悩みを払いのけるように歌っても歌っても、心を晴れやかにすることはできなかった。

そのうちに硫黄島を出発する日が来た。それは、五月下旬になってからである。収容所に近い西海岸に、LST（上陸用舟艇）が船首をパックリ口を開けて、停泊している。海岸を少し離れた沖合に、防波堤に沈められたのか、沈船が四、五隻、横たわっていた。

五月下旬には、出て来る日本兵はほどんどいなかった。いよいよ、乗船することになった。青いデニムの服と登山帽、一列にならんで歩む戦争の囚人。

どこに連れて行かれるのか？　かつては硫黄島戦で日本軍を苦しめた戦車や大砲が、このLSTから陸揚げされたであろう船底に、われわれは乗船した。平らな（現在のフェリーの自動車を積むところ）床の両側に帆布を敷いて、そこが居住区である。

パックリ開いた船首から見る硫黄島。凄惨な戦闘の中に死んでいった者、傷ついた者、彼我五万の将兵の血を吸った悪魔の硫黄島。醜く裂かれた摺鉢山頂の星条旗がへんぽんと旗めく。勝者の象徴。何もかも消滅した日本軍。ただただ、われわれだけが残った。

さらば硫黄島よ、さようなら。複雑な感情を秘めたわれわれにはおかまいなく、船は船首を上げて動きだした。

(3)　グアム島の捕虜

三日くらいで、グアム島に到着した。途中の航海は平穏であった。グアム島は、戦前、米国の委任統治の島であったが、太平洋戦初期、日本軍によって占領された島だ。いままた米軍の手に帰った島である。船の上から見るグアムの港。おびただしい艦船が停泊している。

その多くが傷つき、大きく裂かれて口をあけている。沖縄戦で特攻機にでもやられたのか。大きな修理工場であろうか、修理の喧噪(けんそう)な音がいたるところでしている。

上陸したわれわれは、直ちにトラックに乗せられた。サンゴ礁の島は、真白い砂の道路を北に進む。赤道に近いこの島、戦禍にあっているのに、わりあい大きな樹木が多い。名も知らぬ南洋の果物がタワワと稔(みの)り、道端でわれわれを歓迎していてくれるようだ。

約十分くらいで収容所に着いた。ここには、すでに沖縄の捕虜も来ていると聴いた。

広くて幕舎も大きく、シャワー、食堂の設備もととのっていた。硫黄島より暑い。

例によって作業は、一回出ただけで、それだけに暇が恐ろしい。また歌って日を過ごす。夜になると、ときおり銃声がしていた。今も日本の敗残兵がいると話していた。

この内南洋の島々は、どこまでも日本兵が警備していたが、そのほとんどが米軍に占領され、その網の目を逃れた敗残の日本兵が彷徨しているのだ。

このグアム島は、硫黄島の数倍の広さと野生の食物がたくさんあるようだ。生き残りの兵隊が生活することの可能性は充分である。また、日本人の女囚が収容されていると先輩が話していたが、姿を見ることはできなかった。

捕虜にとって、食事は一日の最大の楽しみである。硫黄島も船の中でも、携行食（現在のインスタント食品）がほとんどであったが、ここでは罐詰ではあるが火を通して料理してあり、野菜もついていた。

日本軍では見たことのないハム、ソーセージ、コンビーフ、コーヒー、ココア、ミルク、ジュース、コーンミル、オートミル等々、どこやらの国と違い、一日三食の食事は、目先を変えて楽しませてくれた。

長い間、飢えていた硫黄島の捕虜たちは、キッチンの「あまったから欲しい者は食べてくれ」という合図に、われ先にと行ってもらって食べたが、一週間も続かなかった。鼻について食べられなくなってしまったのだ。

(4) 真珠湾の落陽

グアム島に二週間いて、また移動することになった。どこに行くのかわからなかった。人数は三百人もいたであろうか。これから先の移動は、ワン・ツー・スリーと、定員二百人ならそこでピシャリ切り捨てられて、知り合った者同士の同一行動は許されなかった。つぎつぎと渡り歩く収容所で、同じ壕から出た者がバラバラになってしまった。

グアムで乗った輸送船は兵員輸送船で、一万五千トンはある大きな立派な輸送船である。一船室百五十名くらい入り、三段ベットがずっと並んでいる。日本軍の輸送船に比べ、持てる国の兵員輸送は、人権尊重と相まって豪華である。

相変わらず、どこに行くのかわからない。東に向かっている。三日たち四日過ぎて、わりあい平穏な船旅である。午前午後、一日二回、甲板でタバコを吸いながら散歩をさせてくれた。

そうして英語のわかる者の話では、ハワイに向かっているということで、アメリカに連行されていることがおぼろげにわかりだした。

船の食事は豪華で、米兵と同じであるが、たくさんの捕虜を短時間に食事をさせるために、座ると五分前後で、レッゴー（早く立て）とせき立てられて、食べる間がない。せっかくの御馳走のほとんどが残飯になる。これではいけない。

二度三度、食事をしているうちに、どうすれば全部、食べられるか、食い意地のはったわれわれは研究する。片手でフォークを使い、片手でポケットに入れられるものをいれる忙しい食事である。レッゴーと言ったら、絶対に立たされる。デモクラシーの国でも、勝者の権力は絶大であった。

船の周囲の海洋は、毎日、島影一つなく、潮路の先に希望もなく、むなしい日が続く。グアム島を出て二週間くらいで、東方に島を認めてハワイだと知らされた。

船は快調に進み、真珠湾の入口ダイヤモンドヘッドを右に見ながら、真珠湾（パール・ハーバー）に辷り込んだ。昭和十六年十二月八日、太平洋戦争の発火点となった真珠湾攻撃。

多くの軍事施設と艦船に大打撃を与えた軍港だが、いまはその跡も見られず、すでに後方基地となって、大きな艦艇の姿はあまり見られなかった。戦線が日本本土に集中して、遙か西方になったからであろう。

軍港に入る左手に高い山があり、右側には海岸に道路が走っている。路端にヤシの並木があって、一見いかめしい軍港の雰囲気がないと思われた。

船は正面の岸壁に碇泊して下船を命ぜられ、ヤシの並木のある大きな建物の前に降ろされた。どこまで行っても、MPの護衛がつく。間もなく軍用トラックが来て、それに乗った。湾の左側山裾を谷に入ったところに、収容所があった。大きな収容所である。

ここまで来ると、太平洋全域の日本軍捕虜がたくさんいた。どこから送られて来たのか、はるばる太平洋を渡って来ているヨーロッパの囚人たち。同じ境遇でも、彼らの心境は、われわれのように心にこだわりはないであろう。あちらの柵から愛敬を振まくイタリーさん、三国同盟の誼(よしみ)とでもいうことであろう。

ハワイに着いて二、三日して、私は四十度の発熱に悩まされて入室(注・入院)した。収容所の医師は、旧日本軍軍医で、戦前からハワイに在住していられる方であり、衛生兵は捕虜であった。親切に看病していただいて三日ほどで全快したが、気疲れであろうと診断され、あまりくよくよするなと言われた。

肉体労働は全然ないが、決して平常な気持ではいられない。

ある日、ミイラのような日本軍捕虜が二人、入って来た。彼らは、南洋委任統治領のミレ島で、海岸に貝や魚をとりに出ていて捕獲されたと話していたが、軍隊は、

「食糧がなくて、みんな餓死している。このまま三、四ヵ月も経てば、飢えて全滅してしまうであろう」

と、骸骨だけの兵隊は、いとも軽やかに歩き、病院に入っていった。

緒戦の戦勝に、太平洋のあらゆる島に兵隊を駐留させ、戦勢不利になれば、そのまま置き去りにされた兵隊の姿。痛ましい限りであり、これほど虐待されて、なお軍の影におびえる捕虜の心境である。

軍は、「生きて虜囚（りょしゅう）の辱（はずかし）めを受けるなかれ」と、戦陣訓でさとしていた。そして、捕虜は拷問にかけられて惨殺されると、宣伝していた。いかなる環境の中で捕虜になったかは、それぞれ自身でなければわからない。

だが、中には米軍に協力して投降を呼びかけた者もあり、また壕に呼び出しにいやいや行かされた者もいて、その呼び出しに応じた者は、自分の心に捕虜になったことを正当づける意味で、彼奴が呼び出しに来たばかりに捕虜になったと、米軍に協力した者に私刑を加える。

米軍から禁じられていたが、私刑は続いた。なぐる、ける、それを見るたびに、苦々しくてたまらなかった。自己の心をごまかす手段として、協力者に体罰をあたえる。

呼び出して来てくれたから、生きているのだと思わないのか。そこには複雑な気持が揺れ動いて、私刑という行動で、自分の心を自慰していたのであろう。

米軍は、揺れ動く虜囚の心におかまいなく、また移動の準備をしていた。われわれは、ここで米軍の正規の軍服一揃（ＰＷのマークが入っている）、体に合うものを支給された。

ここまで一緒に来た者が一部残留することになり、また真珠湾で船に乗った。ハワイに来たというだけで、谷間の収容所から一歩も出ないので、印象に残るものはなかった。

今度は貨物が主の船で、船尾に部屋があり、湾を出た途端に大シケである。船酔に悩まされ、それに慣れると、日に二食の空腹に悩まされ、毎日、灰色の空にあきあきしていると、十日くらいでアメリカ大陸が見えて来た。

キッチンの設備が小さいということで、三食の量を二食にして欲しいと了解を取りつけに来た船側の厚意ある態度は、納得できるものの空腹には困った。

(5) アメリカ本土へ

いよいよ、アメリカ大陸がはっきり見えて来た。遠くに見える連山はロッキー山脈か。海岸がぐんぐん近づいて来る。遙(はる)けくも来たりアメリカに。学校の地理の教課で習った国、いま捕虜となって、目の前に近づいている。サンフランシスコ湾が深く入り込んで、ゴールデン・ゲート・ブリッジ（金門橋）が、その湾を一直線に走っている。

時化(しけ)ていた海は、湾に入ると静かになり、ようやく元気になった。仲間たちは異国情緒（異国であるから当然）の湾の両側を眺めながら、上陸したら、われわれはどうなるのであろうと話し合っていた。どこまで行っても、不安感は消えなかった。

ゴールデン・ゲート・ブリッジは、サンフランシスコ湾を横断している。その当時では、世界では唯一の名橋であった。橋下はどんな船でも、自由に航行できる。水面から高く長い橋である。われわれの乗った船は、この下を悠々通過した。見上げれば、橋上を通る自動車が絶え間なく行き交わし、両岸の人々は、戦争はどこでしているのかというふうに見え、平時と変わらない（日本に比較して）。

湾に入って、一時間あまりで埠頭に到着した。下船と同時に検疫を受けた。薬風呂に入り、着衣一切を消毒をする。どこの国でも、入国するときに行なう検疫であり、われわれの行動中、サンフランシスコが始めてであった。

本土上陸の業務が終わって、また同じ埠頭から、小さな船に乗せられて、湾内のそこに見えるエンゼル島（注・旧移民局の収容宿泊設備がある）に送られ、しばしのねぐらとなった。この島は小さな全島捕虜収容所である。入所してみると、たくさんの日本兵がいる。太平洋の島々にばらまかれた兵隊たちが、死の網を潜って虜囚になっている。いくらいるのかわからない。

清潔な部屋、真っ白い厚いマット、三段二列の寝台がずらっとならび、いままでの収容所の中で、一番立派な設備であった。食堂も大きく、ゆっくりと食事ができた。食事のカロリーは大体二千五百キロカロリーということであった。

作業をすれば量は増えるのだが、終着駅がどこか、その途中にあるこの収容所では作業はない。食料の質が日本食と違い、精製されたものが多いので、カロリーはあっても量がすくなく、遊んでいても、空腹は感じられた。

ここでも私刑が盛んに行なわれて、いまいましいことが毎日、行なわれていた。

この収容所も十日ばかりで、また移動した。この近くのオークランドにあるこの収容所は、大変お粗末で、木の寝台に薄いうす汚れたマット、他の設備もエンゼル島に比べて劣悪で、なんでも一般の囚人の使用していた物品のようだ。

なぜ、ここに連れて来たのか？ どうやら将校、下士官ばかりのようである。食事はビスケットが多く、空腹に悩まされて一日中、寝ていた。

取り調べもなく、毎日、単調な日が続いた。この収容所では私刑もなく、静かな毎日であった。喧噪ないままでの収容所の中では、いろいろなことで気分の転換ができたが、静かなここでは、寝ころんで天井を見ながら、空想にふけっていた。

故郷では、どうしているであろうか。おれはこうしてサンフランシスコで生きている。嘆き悲しんでいる父母や妻の顔を思い浮かべて、生きていることを知らせてやりたいと、できもしないことを、また繰り返し思っていた。

そして一方の心では、硫黄島の戦闘を想起し、あの死闘の中で、部下全部が戦死し、自分一人がこうして生きている。生きていることに何かこだわりがあり、おれはやるだけやったんだという気持はあるが、すっきりしない気持はいつまでも消すことができなかった。

物想いの数日が過ぎて、また移動が申し渡された。荷台が箱になったトラックが来て、われわれを乗せ、扉を締めたら暗闇になった。どこを走っているのかわからない。平常に見えている米国民の感情も、敵国の捕虜を見れば、憎悪を誘発するであろうことの配慮ではないか。

(6) 捕虜列車は行く

一時間以上も乗せられて、ようやくサンフランシスコ・ステーションに降ろされた。駅とはいっても、乗客が乗る方の駅でなく、貨物駅の方である。目の前に古ぼけた客車の列車が停車していて、これに乗せられた。われわれのほかにエンゼル島からも来ていて、十数輛の列車であった。

こうして、坂の街サンフランシスコは、カーテンをきっちりおろすことを厳命されて、車窓から外の風景を見ることもできずに過ぎてしまった。田舎を走っているときはカーテンを上げてよし、町に入るとカーテンをしめる。一週間の列車の旅の間、これが繰り返されるのである。

サンフランシスコを出た列車は、一路、カリフォルニアの原野をひた走っている。日本と違い、アメリカ大陸は耕地より原野が多くて、田舎の集落は見られない。遠近にだいぶ距離を置いて一軒一軒、ポツンと建っていて、日本の集落という形のものは街以外に見られない。

一日、二日と経ち、だんだんと西部の山岳地帯ロッキー山脈に入って行くにつれ、雄大な景色が目を楽しませてくれた。まずグレート・ソルト湖。塩の湖。名の通り真っ白く太陽に照らされた塩の湖はキラキラ輝き、行けども行けども続く真っ白い中を何時間も走る列車。これだけの塩が湧出(ゆうしゅつ)する湖、日本にあれば大きな資源になるのではないか。

長い塩の中を通過して、捕虜列車はソルトレーク・シティーに到着した。七月下旬のこの辺りは暑い。カーテンのすきまから見ると、色とりどりの水着で、河辺で水泳をしている。

街はずれには大きな捕虜収容所があって、イタリーの捕虜がたくさんいた。平和と戦争が同居している感じである。

列車は東へ東へと進み、車内の食事は携行食ばかりであった。ときおり、雨が降る

と、列車の天井から雨もりがして来る。車中、清掃夫の人のよい老人が来ると、英語のわかる仲間が、

「お金もちのアメリカにはこんな列車しかないのか」

と、退屈紛（まぎ）れにからかうと、大仰なゼスチャアーで、

「ノーノー、うんと立派なのがいくらでもあるぞ」

と説明していた。捕虜とはいえ、同じ列車での心のふれ合いは、こんな冗談も言えるようになった。

ソルトレーク・シティーを出ても、山また山の中。切り込んだような渓谷、峨々たる岩山、その間を縫うように走る列車、西部劇に出る場面そっくりだ。今にもカウボーイやインディアンが現われはしないかと思われる山岳地帯が続く。列車はあえぎながら走る。

ふと見ると、映画で見るインディアンが線路補修の作業をしている。映画でおなじみのインディアンは、近代化してデニムの作業服を着ていた。

アメリカ西部山岳を横断した列車は、平地を東に、そしてカンザス・シティーから、南に方向を替えて突っ走りだした。どこに行くのか、カンザス・シティーで、車輌は三分の一くらいになった。別れた列車は、別な収容所に送られて行ったのであろう。

荒々しい山岳はまったく見られず、ゆるやかな起伏の大平原を高く低く走り続け、そして、とてつもない大きな畑の中に、油井(ゆせい)の槽がだんだんと増えだした。テキサス州に来たと知らされた。トウモロコシが、見渡す限り植えられている。石油と農業の州であることがわかる。

(7) コネリー収容所

サンフランシスコを出て、一週間の旅の末に到着したところは田舎町の駅である。夜の十一時すぎ、プラットホームのないところに停車した列車は、降りるのに苦労である。日本の鉄道は狭軌であるが、アメリカの鉄道は広軌で乗降口が高く、プラットホームのないところでは、飛び降りるのに危険である。一人一人飛び降り、体の悪い負傷者は介添えして降ろし、人影のない街を収容所に向かう。

収容所では、前もって連絡があったのであろう、私たちを迎えてくれた。広い収容所には、四坪くらいの家が整然と建ちならび、一舎三人ずつの住居になっている。私は、サイパン島から来た海軍の兵曹と三人になった。下士官同士いさかいもなく、過ごすことになる。

この収容所のある町は、コネリーという小さな田舎町で、テキサス南部サンアントニオに近く、またメキシコ湾に近いところである。大きなうねりのような地の、しわの高い丘にある。

翌朝、鐘の音で起こされ、収容所の入口の広場に整列した。点呼を受ける。明るい朝の光の下で見る収容所長のテーラー大尉は、謹厳な日本の古武士的な人と見えた。収容所の敷地は大変広く、五百メートル四方は充分ある。所内の自治は、テーラー大尉の任命による捕虜のリーダー、某海軍少尉指揮のもとに運営されていた。

この日本軍将校下士官捕虜収容所には、最高階級の方は山賀という大佐、サイパン島から、昭和十七年ミッドウェー沖海戦で撃沈された航空母艦「赤城」の通信参謀某中佐、電波電波といって気が狂っているふうで本当かどうか？ また某少佐と佐官三名、尉官三十名あまり。この中には昭和十六年十二月八日の真珠湾攻撃時の特殊潜航艇生き残り酒巻和男少尉もおられた。百四、五十名の残りが陸海軍の下士官である。

所内の勢力は海軍が圧倒的に強く、リーダー格も海軍が掌握していた。所内は米軍の軍紀のもとに、完全に近い自治であった。われわれ虜囚にとって一番関心のあるのが食事であるが、仲間の勤務者でキッチンされていたが公平であった。

一週間の献立の中に、ライスデーとかフィッシュデー、ケーキデーとかがあり、バラエティーに富んだ献立は、異郷に空しい思いでいるわれわれの心を楽しませてくれた。おそらく米軍の配慮であろう。

七月三十日に到着して、ここが終着駅と知らされ、多くの高級将校もおられることに少し安心ができた。日常、所内清掃がときどきあり、草刈りなどが主作業で、また便所の掃除当番が一週間勤務である程度だ。柵の外の芝刈りには一回出て、労働はまったくなかった。

八月上旬、米軍から給料として、一ドル何十セントかのチケットを支給された。このチケットで文具日用品を購入して、無聊の生活に色をそえる。

所内の生活は、米軍の規則を守っていれば平穏であった。身嗜みは厳格で、ひげ剃りは毎日、靴は常時ピカピカしていなければいけない。紳士の国の生活は、家の中で靴をはいていなければいけない。初めのうちは窮屈であったが、だんだんと慣れて、身嗜みをするようになる。

収容所で一番印象に残っているのが八月十五日である。正午頃、突然に集合の合図があった。われわれが整列してみると、日本国旗に黒布がつけられて反旗になっている。

将校以下全員が整列する前で、リーダーは日本の敗戦を告げた。ああ敗れたのか。四年の歳月と、地球の半分の地域で闘った日本軍将兵の敢闘も空しく、有史以来の屈辱を招いた太平洋戦争。日本本土はどうなっているであろうか。

収容所では、アメリカの週刊誌の差し入れがあり、広島、長崎にアトミックボンブ（原爆）が投下されたニュースは、すでに知っていた。また、われわれがアメリカ軍と闘った体験からも、遠からず敗戦になるであろうと予測していたが、現実に終戦の宣告を聴いた一同は、声もなく力なくうなだれていた。

リーダーは重大な宣言の後、言葉をついで、

「今後は一致協力して収容所の自治に専念し、全員が無事故で故国の家族のもとに帰ることに努力しよう」

と結んで、集会は終わった。おそらく敗戦のショックによる収容所の暴動という事態を心配して、米軍の指令によるリーダーの言葉であったと思われる。

敗戦とはいわなかった。終戦といった。終戦という文字は柔らかく聴こえる。だれがつけたのか？　終戦と聴いて驚いたが、内心ホッとしたのは、私だけではなかったであろう。

第五章——故郷の山河

(1) かき立てられた望郷の念

終戦である程度、心を解放されたわれわれは、リーダーが説いた節度ある生活に努力する。米軍は何かと配慮をしてくれた。毎日、時間を決めて、拡声器は日本の民謡や歌謡曲を流した。これは望郷の念をかき立てる効果は大きく、寝ころんで聴きながら故郷を思うことが多かった。

九月に入り、英語の学習が始まった。ほとんどの者が参加して盛大であった。

十一月に入り、テキサスの原野にも寒さがせまって来た。民家は遠くて、ときおり、農夫がトラクターで畠を耕しに来るだけである。この時季に捕虜の運動会があり、収容所の外にある運動場で、一日楽しい運動会をした。珍しくアメリカ娘も見に来てくれて、愉快であった。

こうして一日一日が過ぎ、霜の降る十二月に入って、移動が申し渡された。日本送還である。このときのリーダー酒巻少尉は、整理整頓をして出発しようと言って、収容所の大掃除をし、身回りの品の中で、米軍指令の文書、ノート等々、書きものを全部焼却し、出発の当日、整列してテーラー大尉にお礼の御挨拶をし、しばしの安住地コネリー収容所を後にする。

(2) 故国に帰る日

捕虜生活の長い人で四年、短い私たちで八ヵ月、それぞれの歩んで来た捕虜の道は、それだけに思いもまちまちであったろう。故郷の山河は脳裡を去来するが、喜びは複雑であった。

小さなコネリーの町を後にして、列車は西に向かっている。来た道ではない。列車は西から北へと走っている。そして毎日が山岳地帯ばかりを走って、人家はあまりない。カーテンの規制もなく、アメリカ大陸にもこんな山の中ばかりのところがあるのかと、不思議に思うほど、行く手は山である。

地図を拡げて見て、ロッキー山脈の東側を北上したことになる。北に行くほど雪が深くなり、一週間でシアトルについた。アメリカとカナダの国境で、太平洋から深く割れ込んだ湾の南側がシアトル、北側がカナダのバンクーバーである。冬のシアトルは雪に覆われて、淋しく眠っているような表情である。

われわれの乗っている列車は、桟橋に停車している。そこには大きな輸送船が停泊していて、われわれの乗船を待っているようである。下車命令で数十歩あるいて、この船に乗った。

シアトルの土は踏むことなくして乗船してみると、たくさんの仲間がどこから送られて来たのか先着していた。われわれが一番後である。われわれを待っていたことは、乗船すると同時に船が動きだしたことでわかる。

さあ、故郷に帰るのだ。アメリカよ有難う。諸々の思いを秘めた何百の捕虜を乗せた送還船は、冬の北太平洋の荒波に翻弄されながら、西へ向かって行く。

船室は立派であり、上下三段に楕円形の寝台が二列にならんだ米軍輸送船は、グアム島からハワイに送られるときと同型の船である。あのときは、レッツゴーと勝者の意のままに食事もろくに出来なかったが、この送還船は仲間のキッチンである。日が重なるにつれて、食欲は増してゆく。

アメリカは大らかであった。今日まで〝なぐる〟とか〝ける〟とか、彼らのこのような行為は一度も見なかった。この送還船にも、MPがたくさん乗っている。虜囚のわれわれは甲板に出て、輪をつくり、いろいろと話し合っている。

彼らは、大勢の間をすり抜けるように通る。日本軍だったらどうであろう。「退(の)け」と、怒声でどなって道を空けさすか、この「捕虜めッ」と言って、突き飛ばすくらいは普通である。

船は西へ西へと進み、ハワイの遙か北方を過ぎて、小笠原諸島の北方を進んでいる。あのいまわしい硫黄島も、いまはどうなっているか。まだ敗残の兵隊がいるのであろうか。

硫黄島戦のさまざまな場面を思い起こして、部下はどうしているであろうか。確実に戦死したところを見ていないので、もしや生きていはしないかと気づかっているが、この送還船にはいない。やはり戦死したのであろう。

為八海岸の壕の中、北ノ鼻の身の毛のよだつ思い、そして壕の中の悲惨な事件、長い闇の中の生活。忌わしい思い出を背負って、もうすぐ故郷に〝英霊〟が還る。故郷の人々は、どう受け取るであろうか。日本に近づくにしたがい、悩みは深くなるばかりだ。

十二月中旬、シアトル港を出たこの送還船は、昭和二十一年の元旦、小笠原諸島北方を通過して、一月四日朝、本土を遠望するところまで還って来た。

国破れて山河あり。それぞれに荊(いばら)の道を生き抜いて来た太平洋の捕虜たちは、遠く朝日に輝く富士の高嶺の鮮やかな姿、伊豆半島、房総半島の静かなたたずまいなどに、万感の思いを込めて眺めいる。

船上の復員者たちは、近づく故郷を、滂沱(ぼうだ)として、溢れる涙をぬぐいもせずに、じっとみつめる。

船は午前十時頃、浦賀に入港した。この港で下船したわれわれは、浦賀の町から峠を越えて、横須賀の重砲兵連隊跡にある復員事務所に戻り、一般の者はその日に事務処理されて、一晩泊まって翌朝、それぞれの家郷に帰って行った。

だが、部隊の上級者は状況を聴取された。要するに、その部隊の戦闘状況とか、生還数とか、自分の知っていることを、復員局に報告する義務を課せられたのである。

五日午後、解放され、旅費と食料の支給を受け、「あなた方は英霊となり、葬式も済んでいるので、その心組みで帰るように」と宣告された。心のわだかまりは、また大きくなるばかりである。

(3) 虜囚の汚名を負って

横須賀駅に歩いて出る。軍港の町は全部焼かれて、軍港は破壊され、碇泊している船は米軍のものばかり。日本の船は漁船くらいで、大きな船は一隻も見えない。

街には何も売っていないと聴かされていたが、街角でリンゴを売っているのには驚いた。「売るのか」と尋ねると、「売っている」と答えたので、十コばかり買って雑嚢に入れて駅に出る。

駅も焼かれて、小さな小屋で事務を取っている。線路は完全である。列車に乗って敗戦の街をゆく。道行く人々の服装は悪く、みじめな思いをかみしめているようである。そして通過する町々は、全部、焼かれていて、瓦礫の野原に掘立小屋を散見する。その中に、鎌倉の大仏が、おれは負けないぞと厳然と端座しているのが車窓から拝めたのが印象的であった。

横浜も焼かれ、東京に着いて、ビルだけがポツンポツンと建っているが、民家は完全に焼かれているのである。二百万の東京市民は、どうしているのであろう。

東京駅構内も破壊され、ドームの天井からは青空が見えている。地理不案内で、駅からあまり出なかったが、駅からすぐそこに宮城が拝まれた。駅からの間の建物が、ことごとく爆撃されて破壊されていたからである。天皇は御健在でいらっしゃるのか。〝大君(おおきみ)の辺(へ)にこそ死なめ、かえりみはせじ〟と、われわれ兵は、命令のままに戦場で闘った。そして多数の兵は戦死し、生き残った者も苦難の道を辿(たど)った。それでも大君を憎む気持は全然なく、終戦の決断を下された御勇気に尊敬の念で一杯である。

いよいよ、夜のとばりがおりた。私は駅に入った。復員列車は午後十二時出発である。この列車に乗ると、福山に着くのは、翌日の夜中になる。死んでいる者が夜中に帰っては、父母は仰天して驚くであろう。

構内は、うす汚れた難民と乗客でごった返している。その中を通り抜けて、プラットホームに出た。そこには、青い線の入った列車が停車していた。これが下関行きだな。八時発車、あと三十分である。この列車にもぐり込まなくてはいけない。この列車だと、福山に翌日の昼過ぎに着く。列車には、すし詰めのように人が乗っている。

私がプラットホームを行きつ戻りつしていると、窓をあけた外人が、日本語で、「ドコマデユキマスカ」と尋ねた。私は、

「福山に帰りたいのですが」と答えると、外人は、

「ノリナサイ、ノリナサイ」

と言ってくれた。日本人の乗客は、私に一顧だにしてくれなかった。

私は、外人の親切な言葉に温かみと勇気を感じて、思い切って列車に入った。まったく足の踏み場もないほどである。一足抜いたら、他人の足が占領している。抜いた足を入れようと、他人の足をふんずけてやると、すきまが出来る。

列車は、西に向かって走っている。大東京も灯は点々とついているだけ。焼き払われた市街は、いつ復興するのか。暗い闇の中を、列車は横浜に着いた。昼間、ここを通過して東京駅に行ったが、焼き払われた街は暗くてわからない。駅舎は小さく、プラットホームだけが長く感じられる。

思えば、この港から何十万の将兵が出征したことか。南方に向けて出て征(い)った将兵のほとんどが、苦難の道を歩んだ。ソロモンに、ニューギニア、内南洋諸島、そして小笠原諸島へと征(い)ったが、こうした方面の大半はこの港からだった。

戦死して還れない将兵が多いが、将兵を送り出した街も、瓦礫の原と化し、多くの被害者が出たことであろう。この町の人々は、いまどこで暮らしているのか。

これから列車は、西へ西へと走るのだが、全部の都市が焼かれていることを知らず

に、感傷にふけっているうちに発車した。列車が大船を通過した頃に、車掌が検札に来た。私は復員証明書を差し出した。車掌は一目見て、

「あなたは降りて下さい」

「なぜ?」

「復員者が乗る列車があったはずです」

「復員列車に乗ると、夜中に着く、それでは困るのです」

「とにかく、あなたが乗る列車ではない。つぎの駅で降りなさい」

「絶対に降りない。他にも復員者らしい人が乗っている。おれだけになぜ、強要するのか。戦死の公報が出されている者が、夜中に帰ることを理解してくれ」

と私がいうと、車掌は〝英霊〟が帰っているということに納得して、

「わかりました。降りなくてよろしい。そのかわり急行券を買って、正規の乗客になって欲しい」

と言われ、復員事務所で支給されたお金で、急行券を買った。そうしてなお、「座席には座るな」と念を押された。

静岡を過ぎて浜松、豊橋、岡崎と焼野が原であり、乗客は少しも減らなかった。相変わらずすし詰めの状態である。乗客は無関心であった。無理もない、軍は解体し、

警察力は極限に低下し、進駐軍は日本人の個人にまで目はかけてくれない。頼るのは自分だけだからである。私も一言も言わなかった。

乗客の私語を、聴くともなしに聴いていると、どうやら旧軍隊が非常に憎まれていることがわかった。私たち復員者も同類であるようで、ますます無口にならざるを得なかった。

名古屋も、月の光で見ても瓦礫の原である。夜中過ぎ、人の気配もあまり感じられない。名古屋は重工業の都市で、戦時中、航空機、自動車を生産していたので、B29に痛めつけられたことであろう。列車は名古屋を発車した。

立ちん棒の旅は楽ではない。片足ずつ交代に、もう何十回と足を替えたことか。まだまだ道は半ばである。岐阜を過ぎ、琵琶湖の湖面が白く光って見える。少し暁方になったのか、明るくなれば気も紛れるであろう。人それぞれの思いを秘めて、どこまでの旅か。袖すり合うも他生の縁という諺があるが、この列車での乗客との話はなかった。

だんだんと暁の光が明るくなって、朝靄の京都に着いた。意外や、京都のたたずまいは少しも損なわれていない。なぜ、京都を焼かなかったのだろうか。不思議に思いながら眺めた。列車は、明けはなたれた近畿の平野を大阪に向かっている。

白々と霜の降りた沿線には、被災の跡は見られなかったが、大阪に着くと東京と同じで、ビルを残して一般家屋はまったくなく、広い大阪は全部、焼き払われている。ただ、大坂城がくっきりと立っているのが象徴的である。

列車は西へ。神戸には進駐軍がたくさんいるのか、阪神国道は、黒緑色の進駐軍のいろいろな自動車が忙しく走っている。街は同じく焼き払われて、港が一望のもとに見える。日本の船は見えないが、ネズミ色の進駐軍の艦船ばかりが、たくさん停泊している。何百万トンの日本の船舶は、四年の戦争中にほとんど撃沈されてしまったのであろう。

こうして車窓から見るいろいろな光景は、都市の惨憺（さんたん）たる有様に引きかえて、田舎の風景は戦中・戦前と変わりなく、表面はあくまで平和そのものだった。稲の刈り取られた田圃（たんぼ）は、自分の故郷もこんな風景かと、美しく耕された田圃がどこまでも続き、遠近の集落には、何事もなかったように、ゆるやかな煙がたな引いている。

焼野が原の姫路を過ぎると、だんだんと福山が近づく。車内はだいぶ空いてきて、神戸あたりから車内に入っていたが、まだまだ座る環境ではない。おそらく福山まで立ちんぼうで帰らなければならないだろう。この時点になってようやく、下関に帰るという年輩の方が、初めて私に声をかけてくれた。

「どこからお帰りですか」

私は、「硫黄島からです」とは言えなかった。玉砕の島、そして英霊が生きて帰っていることを、根掘り葉掘り聴かれてはたまらない。とっさに、ハワイで会った、ミレ島から骸骨のようになって来た捕虜のことを思い出して、

「ミレ島からです」

と、うそをついた。あまり話したくないので、二言三言で終わったが、心の中は穏やかではなかった。

帰ったら、うそはつけない。公報により、家族は嘆きのうちに葬式を済ませているからと、復員事務所は、私に心の準備をして帰れと言った。どう説明すればよいか、本当のことを言って、信じてくれるか。戦死の公報の〝英霊〟が生きて帰ってくる。しかも虜囚の汚名を背負って……。

列車は、無情のように岡山にすべり込んだ。もう方言の上では故郷である。岡山も焼かれて家はない。立ちんぼうの旅は、岡山に来ても変わらない。だが、苦にならなかった。頭の中は、故郷に帰ったときのことで一杯である。

　本来なら、喜びに溢れて一時も早く帰りたいと思うのが人情であるのに、故郷が近づくにしたがって重くなる気持、懊悩の渦は、列車が福山に近づくにつれて大きくな

るばかり。

そして、俺はやったんだ、硫黄島戦全期を通じてやった。参謀長高石大佐よりねぎらいの言葉をもらった者は、そうたくさんはいないであろう。それなのに、胸を張って帰れない。

列車は、昼下がりの福山駅についた。福山も焼野が原である。駅から見上げる福山城天守閣も、焼失している。満員の列車から、背負袋と軍関係最後の支給品である軍服の一式(復員服)を着込んだ者は、私だけである。プラットホームに知った者はいないかと、用心深く見まわすが、だれもいなかった。やれやれ、よかった。

福塩線乗り場で電車に乗って、山陽本線上りホームを見ると、ちょうど入って来た立派な列車がある。進駐軍専用である。勝てば官軍、負ければ賊軍、一箱に十人くらいしか乗っていない。そして悠々とコーヒーを飲みながら、街をながめて談笑している。おそらく、どこまで行っても焼けているのう、と話しているのか。

負けた国の民は、自分の国のうす汚れた汽車にすし詰めにされ、時の絶対の権力者である進駐軍には立派な列車を提供して、おもねなければならない。こうした現実をかみしめて、国民は旧軍に憎しみと怒りの気持をぶちまけていることは、列車の中の私語と、この進駐軍の一事をもってしても容易にうかがえる。

(4) 幽霊か幻か

福塩線はようやく動き出した。本庄を過ぎ、山を半周すれば横尾駅、ここから神辺(かんなべ)平野に入る。一月六日午後三時頃、神辺は、山一つ越えた福山の惨状とは打って変わって平和な姿が目に映る。

私は帰った。とうとう帰った。

硫黄島の壕の中で思い続けた故郷、いま遙か彼方に山が見える。あの山の向こうに私の家がある。またしても、帰ったときの情景が目に浮かぶ。神辺駅で乗り換え、井笠鉄道のガソリンカーに乗った。

いよいよだ。

帰ったという気持はあっても、歓喜しての喜びとはほど遠く、悩みは深くなるばかりだ。おれは何も悪いことはしていない。なのに、なぜ? 多くの戦友を硫黄島で失い、虜囚となって一人還る。毎日毎日、このことを繰り返して反芻(はんすう)して悩む。

ガソリンカーは、国分寺駅に着いた。歓呼の声に送られて、このちっぽけな駅から、二百人はくだらない村の若者が征った。私もその一人だった。国のため、粉骨砕心を誓って出征した。還って来ない者もいるであろう。

私は直線なら六百メートルほどの山裾を見つめながら、ためらいの気持を隠すことはできなかった。

そしてもう一つの心は、帰るのだ、正々堂々と胸を張って帰るのだ。それがために昼に帰るよう、東京を発ったのではないか。私は、そうだ、帰らなければいけない。萎える心にむち打って、線路伝いに一歩一歩、歩き出した。

線路のジャリがざっくざっくと、足は力強く前へ歩を運ぶ。臆することなかれ、やるだけやって生きて帰ったのだ、と苦悩を払い除ける気持で、ゆっくりと歩く。いな、落ちついて歩いているのではない。迷いに迷っている心のためらいが、歩度をにぶらせている。

そして前方を見れば、今の私の気持の上に好ましからぬ人が、彼方からじっと見つめているのを認めた。同じ隣組のおばさんとその娘さん。広い神辺平野には一面、麦が植えられているが、この耕作に出ていて、変な人影に不審を抱いて見つめているのだ。ああ会いたくない、一瞬、そう思った。しかし、おれは悪いことはしていない。

引き返しは出来ない。

私は線路から私の集落に帰る道路に出て一歩一歩、歩く。おばさんと娘さんは、私が近づくにしたがって、田圃から道路に上がって来た。そして、おばさんの田圃のところで出会った。おばさんは、私の顔をしげしげとのぞき込んで、

「昌一さんな？」

「そうです」

おばさんは、まだ信じられない表情で、もう一度、

「昌一さんな？」

と尋ねた。私は、

「そうです。昌一です。ただいま帰りました」

私は、はっきりとそう答えた。

おばさんはなおも疑い深く、今度は私の手をしっかりと握って、初めて生きた人間であることを確認したのか、頓狂な声で、

「おいおい。頼子（娘さんの名前）、早よう知らせて上げえ。昌一さんが帰っちゃったと」

娘さんも、驚きに驚いて韋駄天（いだてん）走りで集落に素っ飛んで帰った。

おばさんと私は話しながら、歩を運ぶ。駅から帰る姿は、おばさんは自分の長男（ボルネオで戦死）が帰ったのではと思った。そして近づくにしたがい、私の姿に幽霊か幻かと感じたと。そして手を握って、その温もりで初めて生きた人間であると認めたと。

無理もない。小学校の校庭で、しめやかな村葬が営まれたその人間が、ノコノコと目の前に現われたのだから。語りたくない気持は、おばさんの問いに対して手短かに答えるだけ。

前方を見ると、三百メートルほどの道のりを帰るまでに、集落はずれには黒山の人々が、好奇心も手伝って出迎えてくれた。私は皆さんの前で、

「ただいま帰りました」

と挨拶した。人々は煎豆がはえたようだと、口々に驚きのささやきを交わしていた。

私はその人々の中に、母を認めた。毎朝毎朝、八幡様に武運長久の願いをこめてお詣りしていた母、何ものにも替えがたい私の母。多くの人々がいなければ、万感の思いを込めて、母の肩で号泣したであろう。涙の顔で母に、

「ただいま帰りました」

と、言うのがせい一杯であった。そしてぞろぞろと、わが家に向かった。途中、祖

母が私の帰ったことを聴いて息せき切って、

「オーオー、よう帰った」

手を握って、涙、涙の喜びである。わが家に帰ると、妹が二人、そして嫂(あによめ)が出て来て、

「お帰りなさい」

と挨拶した。しかし、私の妻は出て来なかった。

そのときチラッと一抹の気がかりを感じたが、つぎつぎと訪れる喜びの客の応待に、考えるいとまもなく、その日は暮れてしまった。

親戚の法事に行っていた父も帰り、夜は私が帰ったということで、朝鮮竜山の連隊から帰った叔父(私の家の別棟に住んでいた)を招(よ)んで、なけなしの料理で喜びの宴を催してくれた。

私は、聴かれることには答えるが、自分からは話さなかった。ただ、絶対に卑怯な行為はしなかったことを神明に誓うと答え、東京から帰るのも、夜中では家族は驚き、集落の人々はどんな噂をするかわからないと考えて、昼に着くように列車に乗った事情も話した。

こうして、いろいろの話が出たが、私の妻の話は一言も出なかった。

私が戦死したことで、自分の家に帰ってしまったのであろうか。心の底では、出て来ない妻、話に出ない妻、それでいて、私の口から、妻はどうしているのかと尋ねることができなかった。恐ろしかった。

宴が終わり、立ちんぼうの旅と多くの来訪者の応待で疲れ切った体を、一年十ヵ月ぶりにわが家の寝床に横たえた。

ああ帰った。じっと目を閉じて、妻がいれば、妻にだけは何もかもぶちまけて苦悩を発散したいと思っていたのだが……。

不安な感じは現実となって、いまの苦悩の上に、なお苛酷な鞭(むち)が心の上に加えられることも知らずに、疲労とわが家に帰った安心感から、泥のように眠ってしまった。

翌日も、訪問客が絶えなかった。中でも硫黄島の遺族の来訪はつらかった。戦闘の話はできるが、○○集落の某の消息は？　と尋ねられると、なんにも答えられなかった。ましてや一下士官の身では、郷土部隊がどのくらいか、どういう部隊か、まったくわからなかった。

十七聯隊三大隊は、広島から一緒に出て、硫黄島でも隣り合わせにいたから、同郷の目崎曹長、重政衛生兵とお会いする機会があって、多少はわかっているが、戦闘になってからの消息は一切わからない。自分の部下にしても、戦死したところを見届ける余裕はなく、その上に、どうして生きて帰ったかを尋ねられることは、身を切られるほど苦しかった。

三日、四日と経つにしたがい、新聞の記事を見て訪れる御遺族にお会いするのがうとましくなった。来訪された御遺族の方々、ごめんなさい。本当に私はつらかったのです。ただ一人、生きて帰ったということがみなさまに申し訳なくて……。

「川相、おれは内地送還になるんだ」

と、喜んでおられた目崎(めさき)曹長。非衛生的な硫黄島でお世話になった重政(しげまさ)衛生兵。岩角でだしぬけに会った細羽(ほそば)君。同村の人は一人も帰っていない。そうして、この同郷の方々をふくめて、だれの消息も知らずに、曖昧(あいまい)な硫黄島戦しか説明できないのだ。願わくば、お会いしたくなかった。

(5) 苦悩からの訣別

こうして、外なる苦痛に悩みながら、内なる心配に心を痛めていた。三日たち四日たっても、妻の去就については、だれも一切、話してくれなかった。優しい母も、何か心配そうな表情に、つとめて笑顔をつくって、別な話をしてくれた。

しかし遂に、脳天をぶんなぐられるような宣告を受けるときが来た。私が帰った喜びは喜びとして、帰ったことで大きな困難に直面したのが父母であり、喜びの中で苦しんでいたのであろう。私が帰ったということで、直ちに家族に絶対口にするな、と口止めしていたのであろう。

帰って一週間たったある日、叔父が、私に話があると、裏山の日溜(ひだ)まりに連れて行った。二人は腰を降ろした。

「兄(私の父のこと)が言いにくいから、お前から伝えてくれと頼むので、おれもつらいが、いつまでも隠しておくわけにもいかない。お前が帰って、もう一週間もたっている。その間中、困った、困ったと言って暮らして来た。じつは、お前の女房は、達夫(私の弟)と一緒になっている。お前が戦死した公報から、泣いて暮らす嫁がいじらしく、二十一歳で後家はかわいそうでならない。村葬がすんで、近衛兵として東京にいた達夫が帰ったので、終戦直後に一緒にしたということだ。決して悪気でしたことではない。ただ、もう少し待っていればよかったのであろうが、村葬まで行なわれたことだし、生きているとは思っていなかった。苦しかろうが、気持を変えてくれないか」

と、陸軍大尉の叔父も苦しそうであった。

この事実を聴かされた私は、目の先が真っ暗闇になった。こともあろうに、弟と一緒になっているとは！　いとしい妻を抱きしめて、

「もうどこにも行かない。心配かけない。二人仲よくやろうよ」

と、いたわってやりたかった。それなのに……。

私は怒りが込み上げて来た。私は叔父に、

「一人にしてくれ」

と言って、立ち上がった。

叔父はまだ話をしたいらしかったが、私の態度に、

「短気を起こして、この上の迷惑をかけるでないぞ」とさとされた。

私は部屋に入って、出て行かなかった。ああ、おれは一人ぼっちになった。どうすればよいのか。怒りの気持で父母を思い、弟夫婦の事情を思い、親の嫁に対する愛情から運ばれたこの縁結びを思った。悪者は一人もいない。

それだけに憤懣（ふんまん）のはけ口もなく、硫黄島から一人帰ったという苦悩の上に、なお私の心をさいなむ事態を聴かされて、心は千々に乱れ、それから来る日も来る日も怏々（おうおう）

として楽しまず、眠れない日が続いた。

ああ、おれは帰らなければよかった。

夜ともなれば、眠れないままに硫黄島の戦闘の場面が思い起こされる。司令部への伝令の途中、敵戦闘機に襲われ、岩陰に隠れている私に、執拗な機銃掃射を反覆されたこともあった……。また一抱えもある砲弾の破片が腰のあたりをうなりを生じてすり抜けて足元に落ちたことも……。

一発喰らっていたら、こんな苦しい思いをせずにすんだであろうに……。

叔父から聴かされた日から、私はこうして悩みとはけ口のない怒りにさいなまれながら、憔悴(しょうすい)し切った姿で、毎日を過ごしていた。父も母も、もの言わぬ私が、心配でならなかったようである。いくら考えてもどうにもならない現実、この世で私にとってただ一人の女性と思っていたことが、余計に怒りをかきたてた。

こうして日が過ぎるにしたがい、世間の風評も耳に入るようになった。この解決をどうするか！　ということが話題であった。私が帰ったばかりに、世間は興味深々で受け取っているのだ。

つらい、つらい。なぜ死ななかったのか。またしても為八海岸や北ノ鼻の戦慄すべき敵対行動を思い出し、あのとき死んでいればと、死ねなかったことを後悔する。

思いに悩み、人の噂に悩み、私は悲哀を感じて、ますます沈みがちとなった。このような私の日常が舅（しゅうと）の家にも伝わったのか、ある日、舅が私の家にやって来た。そして妻を元に戻せ、と言った。

私のことを心配しての配慮である。元々、私の妻であるから、私が帰った以上、当然だと私が同意すれば、自分の娘である妻に因果を含める考えで訪れたのである。

私は厚意は感謝したが、同意はしなかった。曖昧な状態で、舅は帰って行った。心から戻ってくれるのであれば、受け入れてもよいが、五、六ヵ月、身も心も打ち込んで同棲している者を、生木を裂くようにして強引に連れ戻しても、とてもうまくゆかないであろう。私はそういう気持から、同意しなかった。

両親を始め家族も、私の心境を察して心配してくれていることは充分に理解できるが、気持は晴れなかった。しかし、人の噂や家族の心配を考えて、理性は失わなかった。持って行き場のない怒りも胸に納めて、陰鬱（いんうつ）な日を送っているうちに、弟夫婦が帰って来た。それは一月末のことである。

呉署に務めている警察官の弟は、忙しくて帰れなかったと言っているが、間を置いたのではないかとも思える。帰って来た弟夫婦も、兄の生還に困惑したであろう。このような事態を招いたことは、国に罪があっても、家族をせめるわけにはいかない。

ようやく、結論らしい考えがまとまりかけた。そして二人の仲むつまじそうな姿を見て、始めて迷いの夢から醒めた思いになった。彼らの間にすきまはない。二人の幸せを破ってはいけない。もう心は決まった。二人は生還の喜びの挨拶をした。妻であった彼女は、

「私、これからどうすればよいの?」

と、私の返事に将来をかけているふうである。私はためらわず、

「二人、仲よく暮らしなさい。おれは自分で進む道をみつけるから」

と、力強く言い切った。二人は、私が帰ったことでどうなることかと不安を感じていたが、私のきっぱりした言葉で、喜んで帰っていった。

そして、父母を始め家族、弟夫婦は、一件落着と喜んだが、私の気持が晴れたわけではない。ただ、一ヵ月も悩み抜き、周囲の事情を考慮する年齢にあったことや、弟夫婦の姿に、自分自身が軍の命令で生木を裂かれる思いで応召したつらさを、またまた彼女に味わわすことの悲劇を繰り返してはいけないという考えで、悩み、怒りがあったものの自制に成功した。

村の人々は、泰山鳴動、鼠一匹も出なかったことに、好奇心をそがれたようである。

父は、私が帰ったときから、どうせもう一人、嫁がいるのだからと、方々に嫁さが

しを依頼していたが、一件落着した上は、一日も早く嫁を貰(もら)ってやらなければとの親心から、本格的に動き出した。

〝英霊〟が生きて還った家庭の騒動は解決がついて、除籍されていた戸籍も復籍の手続きをとり、自分の墓を自分で掘って白木の箱を開けて見ると、小さな位牌が一つ、貫洞院○○居士の戒名がつけられていた。当を得た名前がついているのに感心して、墓標と一緒に焼却した。

また、手紙の類も全部処分した。なにもかも硫黄島について払拭(ふっしょく)して、第二の人生の出発に備えた。

そのうちに結婚の話が決まって、私の目の前に復員して始めて、バラ色の光が輝いた。そして三月五日、なんにもない、ごくささやかな結婚式を挙げた。もうどこにも行かない。将来に何があろうとも、硫黄島にはかかわらないことを心に誓って、幸せな新生活に入った……。

付——硫黄島関連図

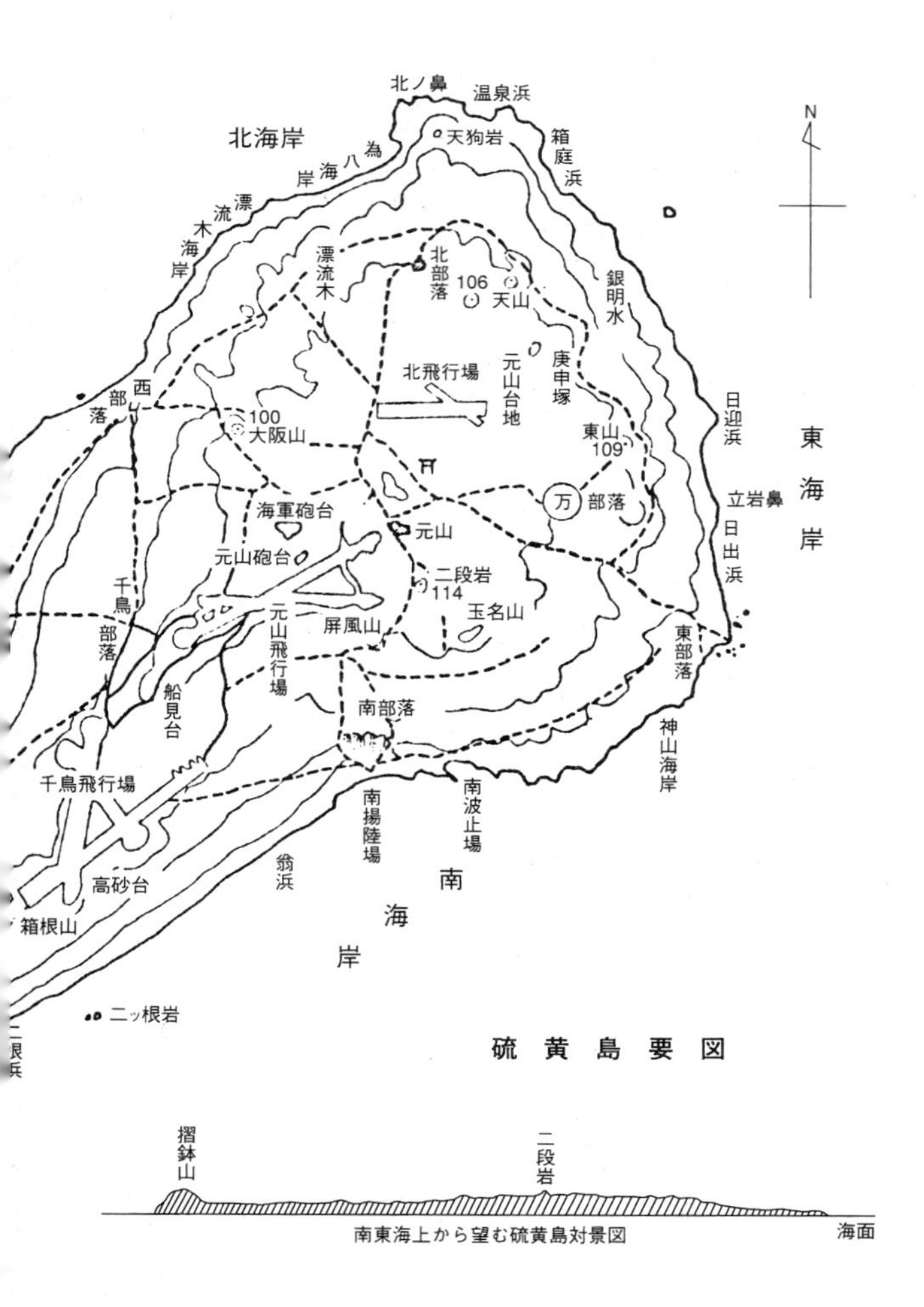

硫黄島要図

南東海上から望む硫黄島対景図

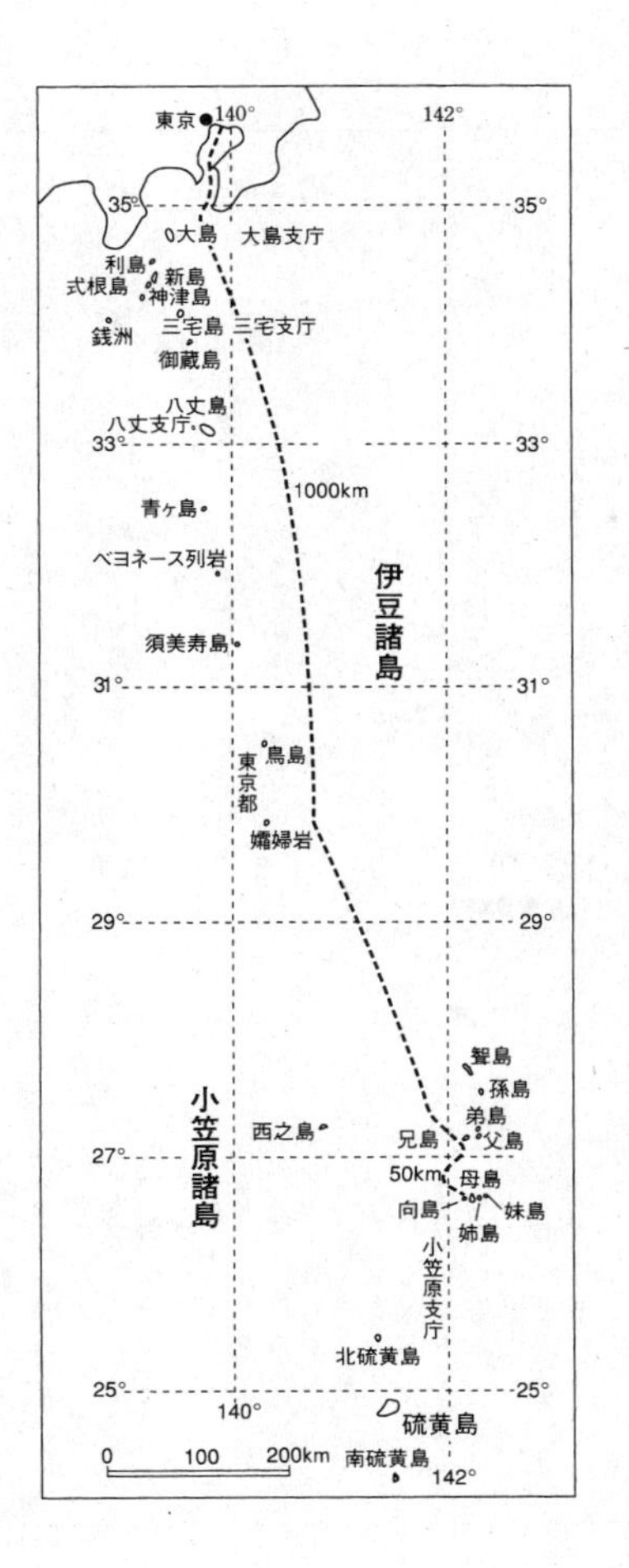
東京
140°
142°
35°
35°
大島
大島支庁
利島
式根島
新島
神津島
三宅島
三宅支庁
銭洲
御蔵島
八丈島
八丈支庁
33°
33°
1000km
青ヶ島
ベヨネース列岩
伊豆諸島
須美寿島
31°
31°
鳥島
東京都
孀婦岩
29°
29°
聟島
孫島
弟島
小笠原諸島
西之島
兄島
父島
27°
50km
母島
向島
妹島
姉島
小笠原支庁
北硫黄島
25°
25°
140°
硫黄島
0
100
200km
南硫黄島
142°

監獄岩

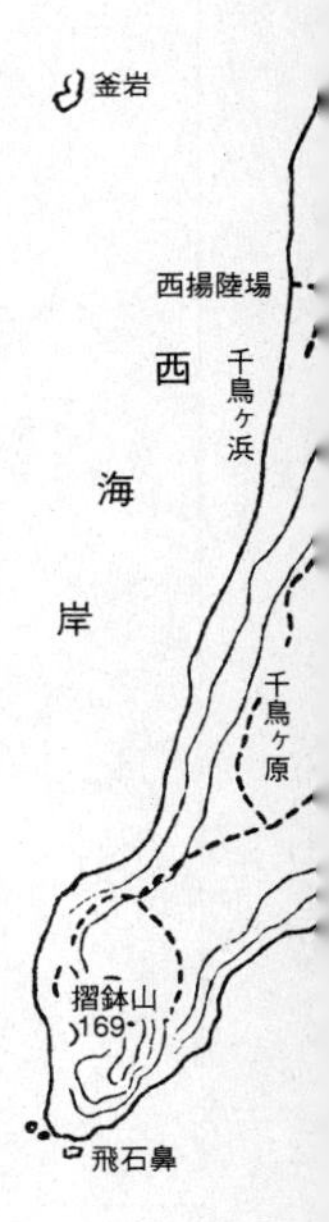
釜岩
西揚陸場
西海岸
千鳥ヶ浜
千鳥ヶ原
摺鉢山
169
飛石鼻

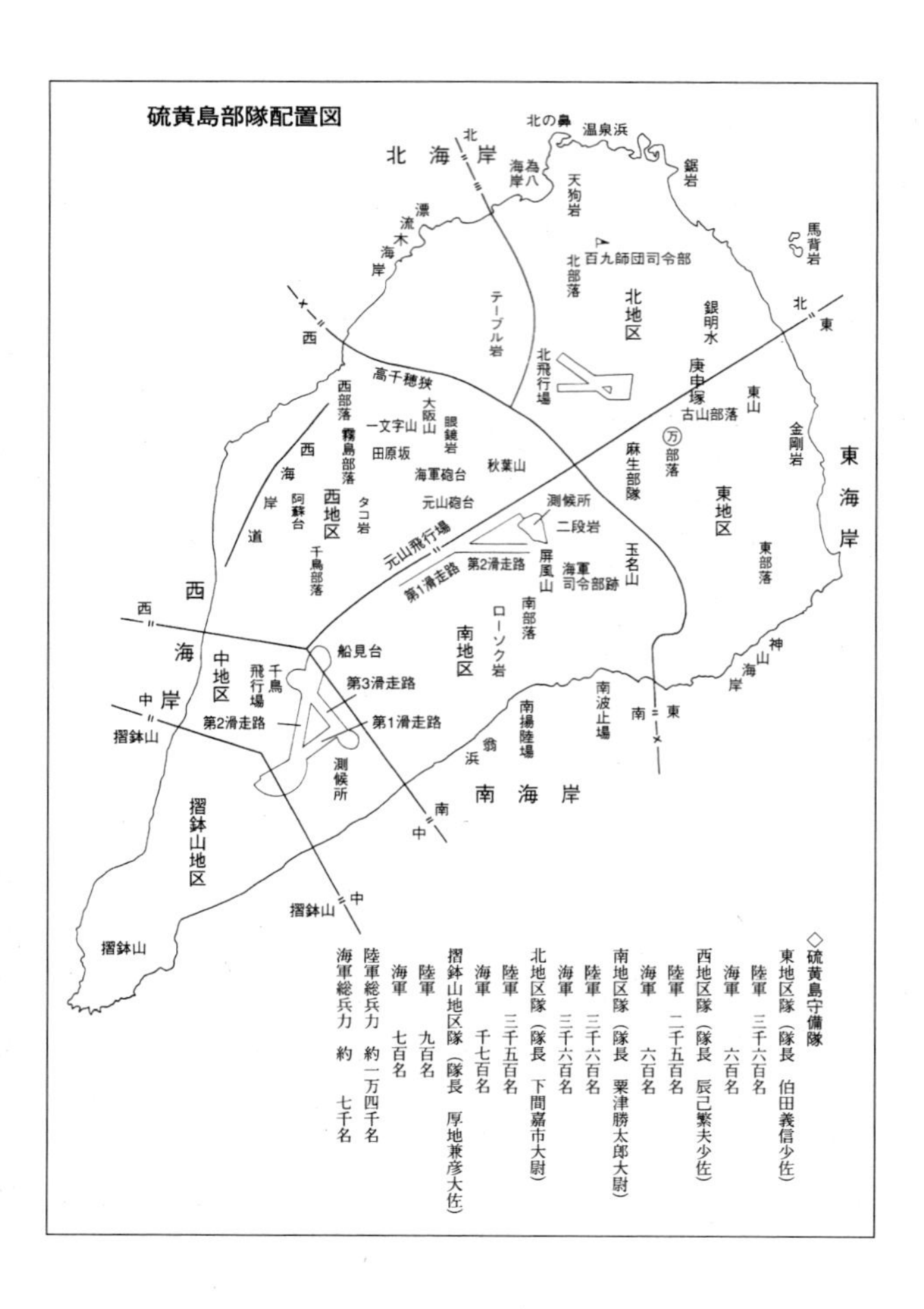
硫黄島部隊配置図
北海岸
北の鼻
温泉浜
為八海岸
天狗岩
鋸岩
漂流木海岸
馬背岩
百九師団司令部
北部落
テーブル岩
北地区
銀明水
北飛行場
庚申塚
古山部落
東山
高千穂狭
西部落
大阪山
眼鏡岩
一文字山
霧島部落
田原坂
秋葉山
海軍砲台
元山砲台
西海岸道
阿蘇台
西地区
タコ岩
万部落
麻生部隊
金剛岩
東海岸
東地区
東部落
測候所
二段岩
元山飛行場
第2滑走路
第1滑走路
屏風山
海軍司令部跡
玉名山
千鳥部落
西海岸
南部落
ローソク岩
南地区
船見台
中地区
千鳥飛行場
第3滑走路
第2滑走路
第1滑走路
測候所
南揚陸場
南波止場
翁浜
神山海岸
南海岸
摺鉢山地区
摺鉢山
摺鉢山
摺鉢山
北
東
西
中
南
◇硫黄島守備隊
東地区隊（隊長　伯田義信少佐）
陸軍　三千六百名
海軍　六百名
西地区隊（隊長　辰己繁夫少佐）
陸軍　二千五百名
海軍　六百名
南地区隊（隊長　粟津勝太郎大尉）
陸軍　三千六百名
海軍　三千六百名
北地区隊（隊長　下間嘉市大尉）
陸軍　三千五百名
海軍　千七百名
摺鉢山地区隊（隊長　厚地兼彦大佐）
陸軍　九百名
海軍　七百名
陸軍総兵力　約一万四千名
海軍総兵力　約　七千名

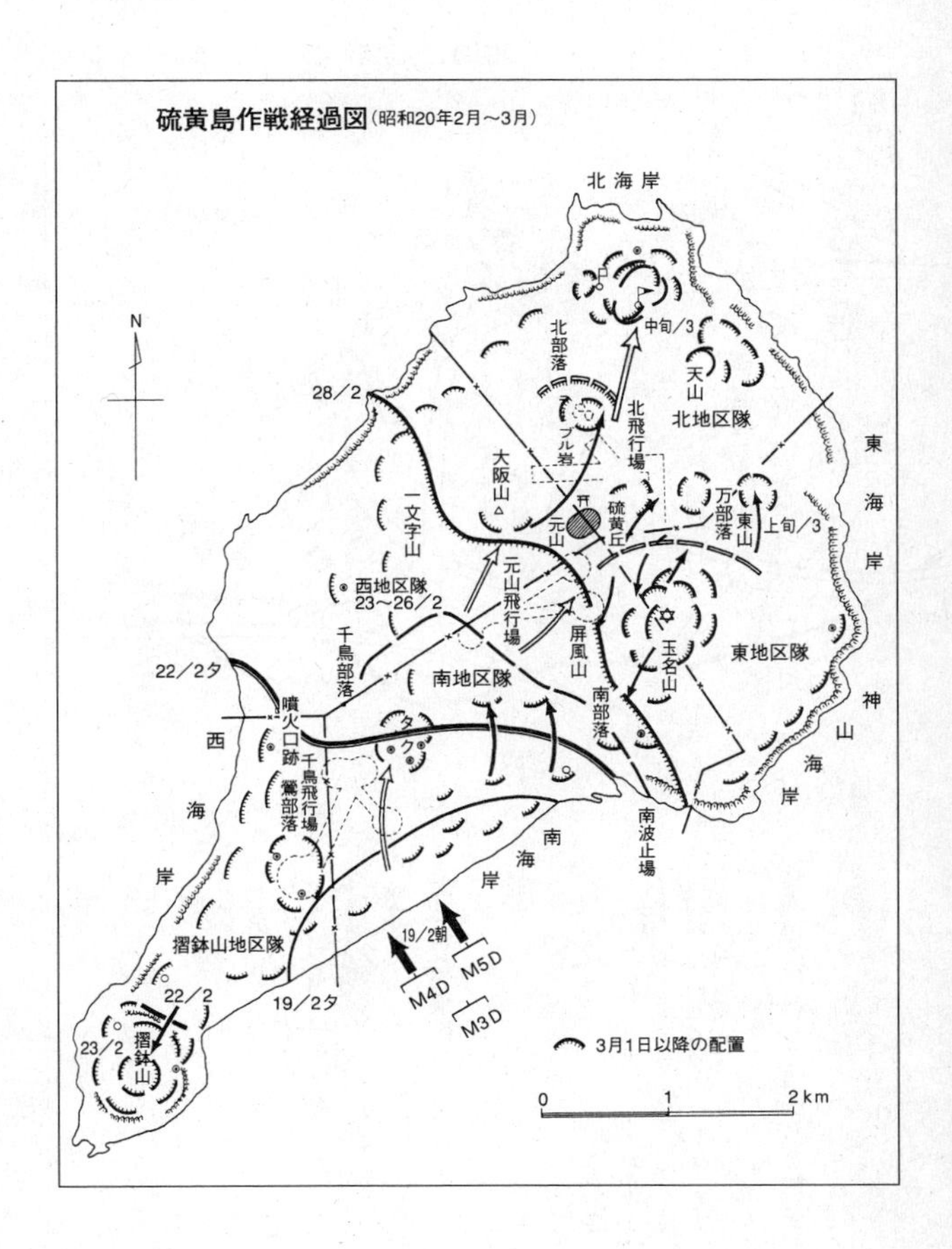
硫黄島作戦経過図（昭和20年2月～3月）
北海岸
N
中旬/3
北部落
天山
北地区隊
28/2
北飛行場
東海岸
大阪山
硫黄丘
万部落
東山
上旬/3
一文字山
元山
元山飛行場
西地区隊
23～26/2
屏風山
千鳥部落
南地区隊
玉名山
東地区隊
22/2夕
南部落
噴火口跡
西
千鳥飛行場
神山
海
海
鶯部落
岸
南
南波止場
海
岸
岸
19/2朝
M5D
摺鉢山地区隊
M4D
22/2
19/2夕
M3D
23/2
摺鉢山
3月1日以降の配置
0
1
2km

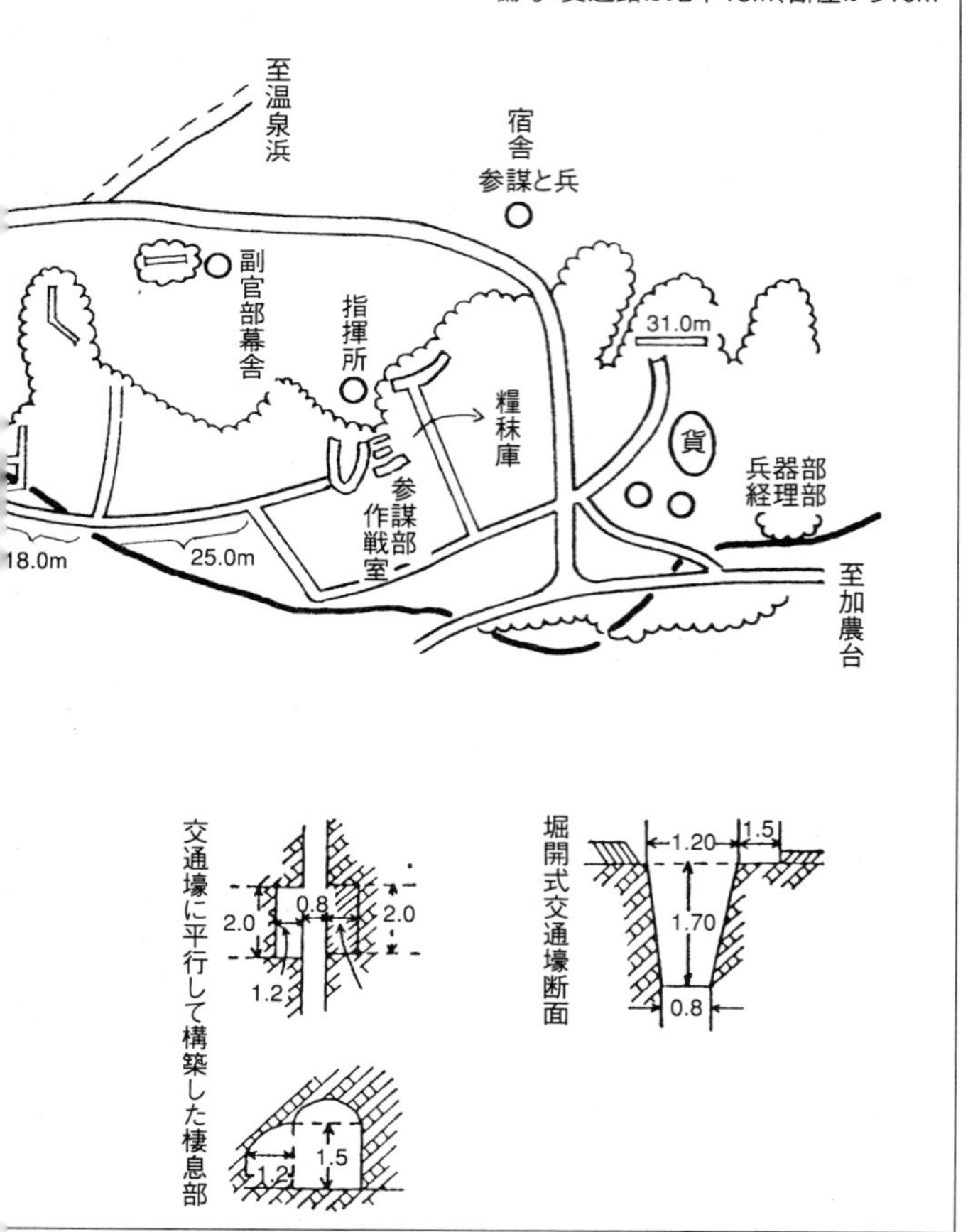
備考：交通路は地下15m、断崖から10m
至温泉浜
宿舎
参謀と兵
副官部幕舎
指揮所
糧秣庫
31.0m
貨
兵器部
経理部
参謀部
作戦室
18.0m
25.0m
至加農台
交通壕に平行して構築した棲息部
2.0
0.8
2.0
1.2
1.5
1.2
堀開式交通壕断面
1.20
1.5
1.70
0.8

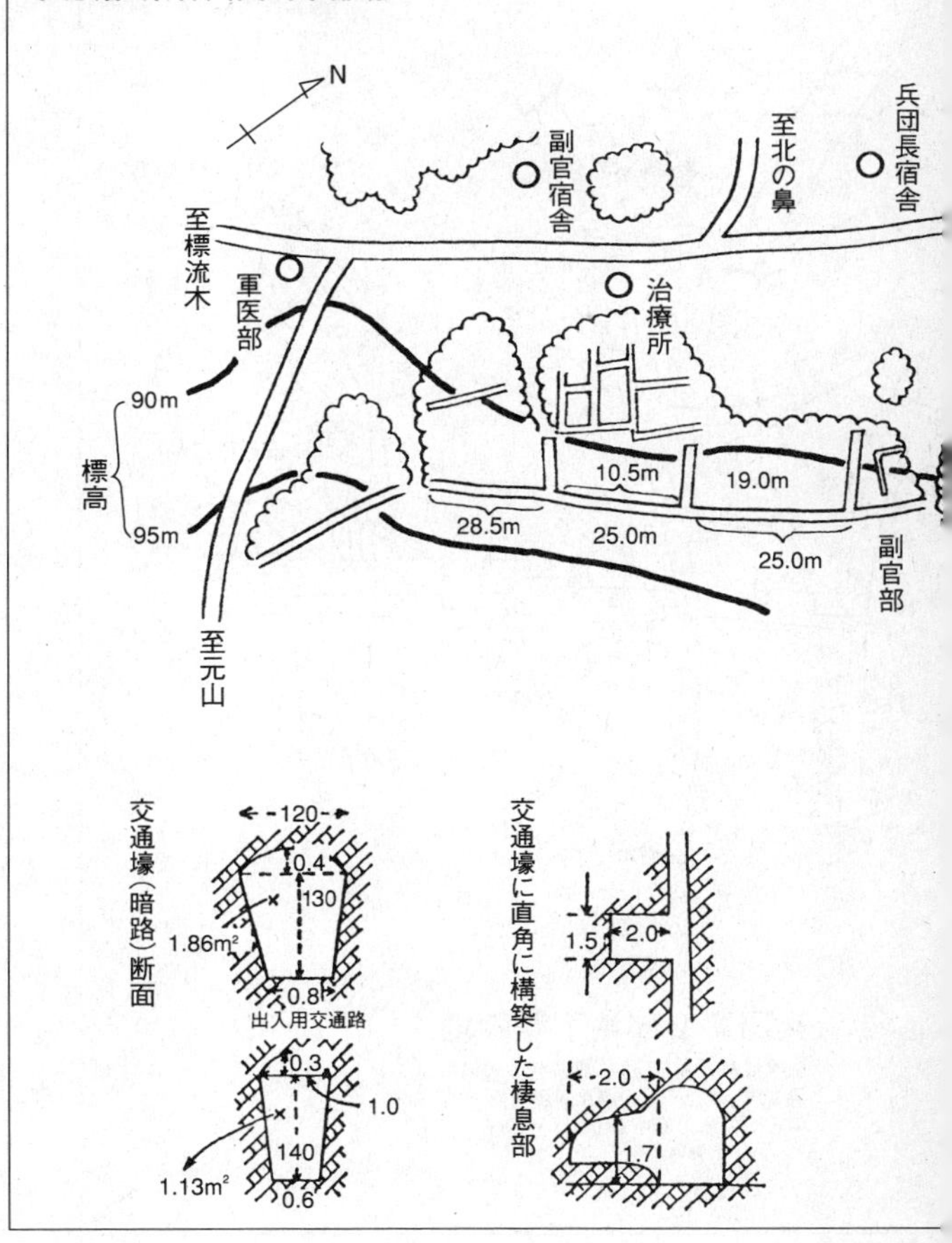
北部落　栗林兵団司令部壕
N
副官宿舎
至北の鼻
兵団長宿舎
至標流木
軍医部
治療所
90m
標高
95m
10.5m
19.0m
28.5m
25.0m
25.0m
副官部
至元山
交通壕（暗路）断面
120
0.4
130
1.86m²
0.8
出入用交通路
0.3
1.0
140
1.13m²
0.6
交通壕に直角に構築した棲息部
1.5
2.0
2.0
1.7

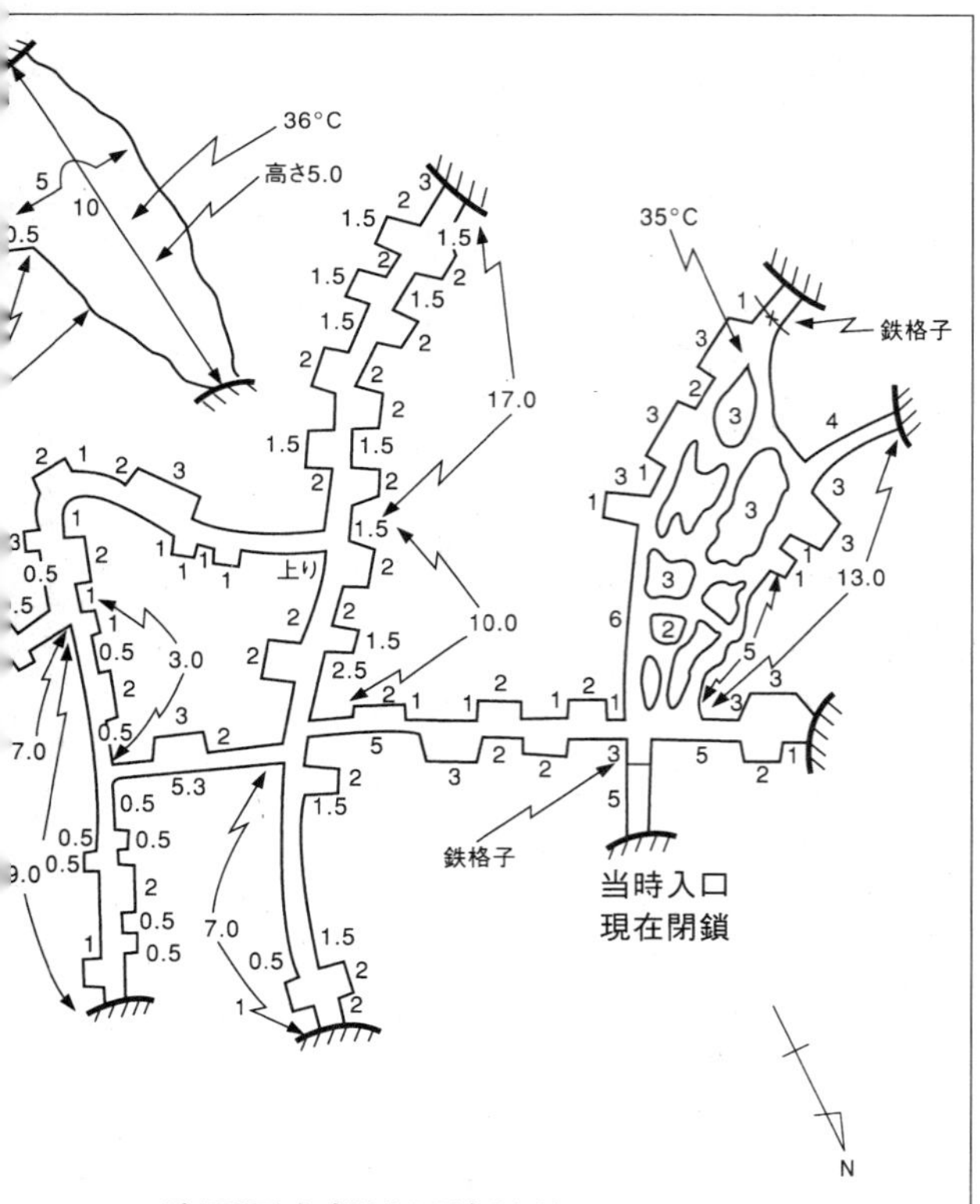

兵団司令部地下壕陣地

数字はメートルを示す。調査時の外気温31°C。要図の中の温度は壕内のの場所の測定温度。有毒ガスはない。

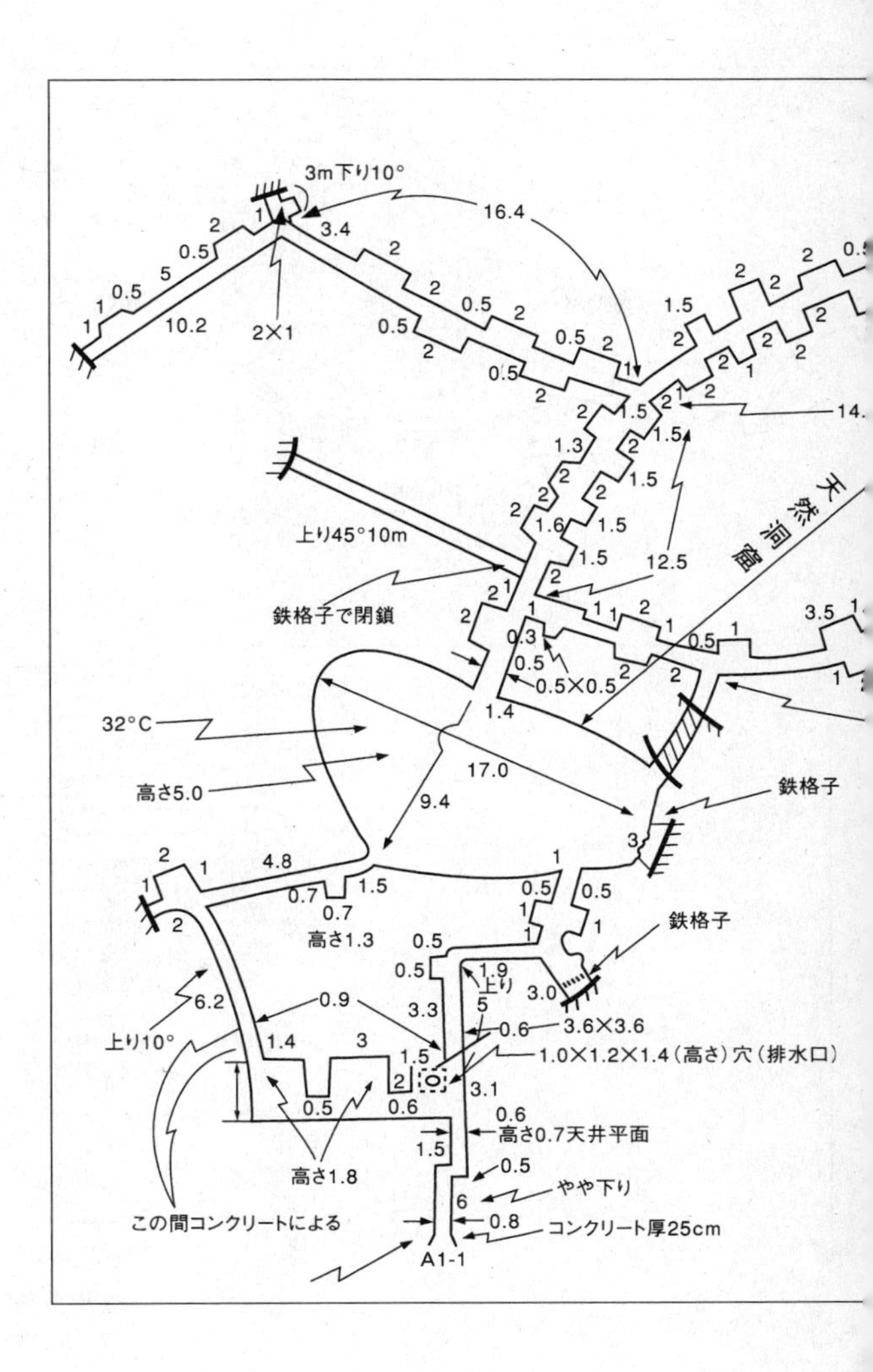

3m下り10°
16.4
3.4
2×1
10.2
天然洞窟
14.
12.5
上り45°10m
鉄格子で閉鎖
0.5×0.5
32°C
高さ5.0
17.0
9.4
鉄格子
4.8
高さ1.3
鉄格子
6.2
上り10°
0.9
1.9
上り
3.0
3.6×3.6
1.0×1.2×1.4（高さ）穴（排水口）
3.1
高さ0.7天井平面
高さ1.8
やや下り
この間コンクリートによる
0.8
コンクリート厚25cm
A1-1

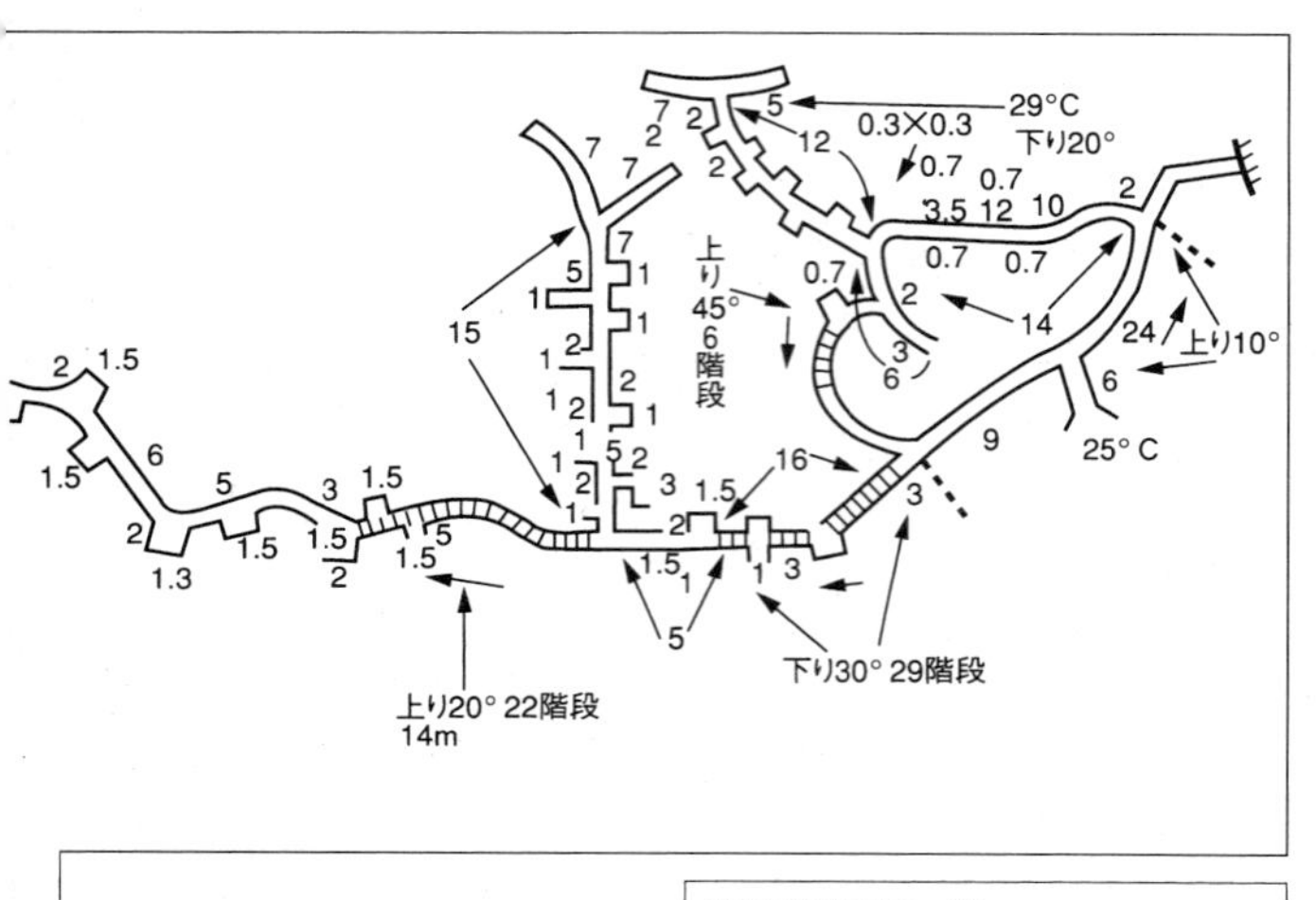

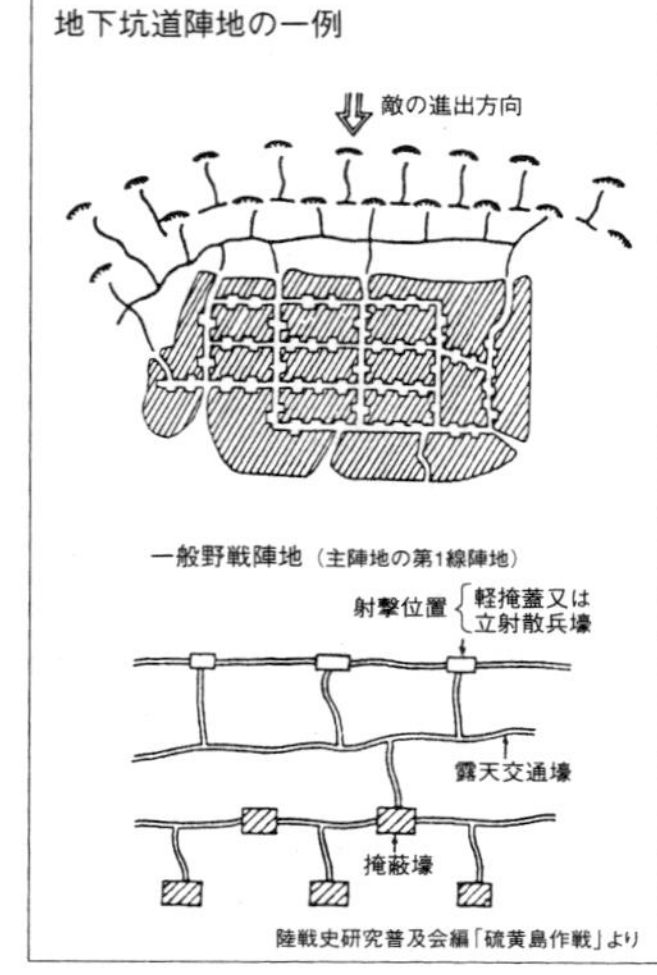

陸戦史研究普及会編「硫黄島作戦」より

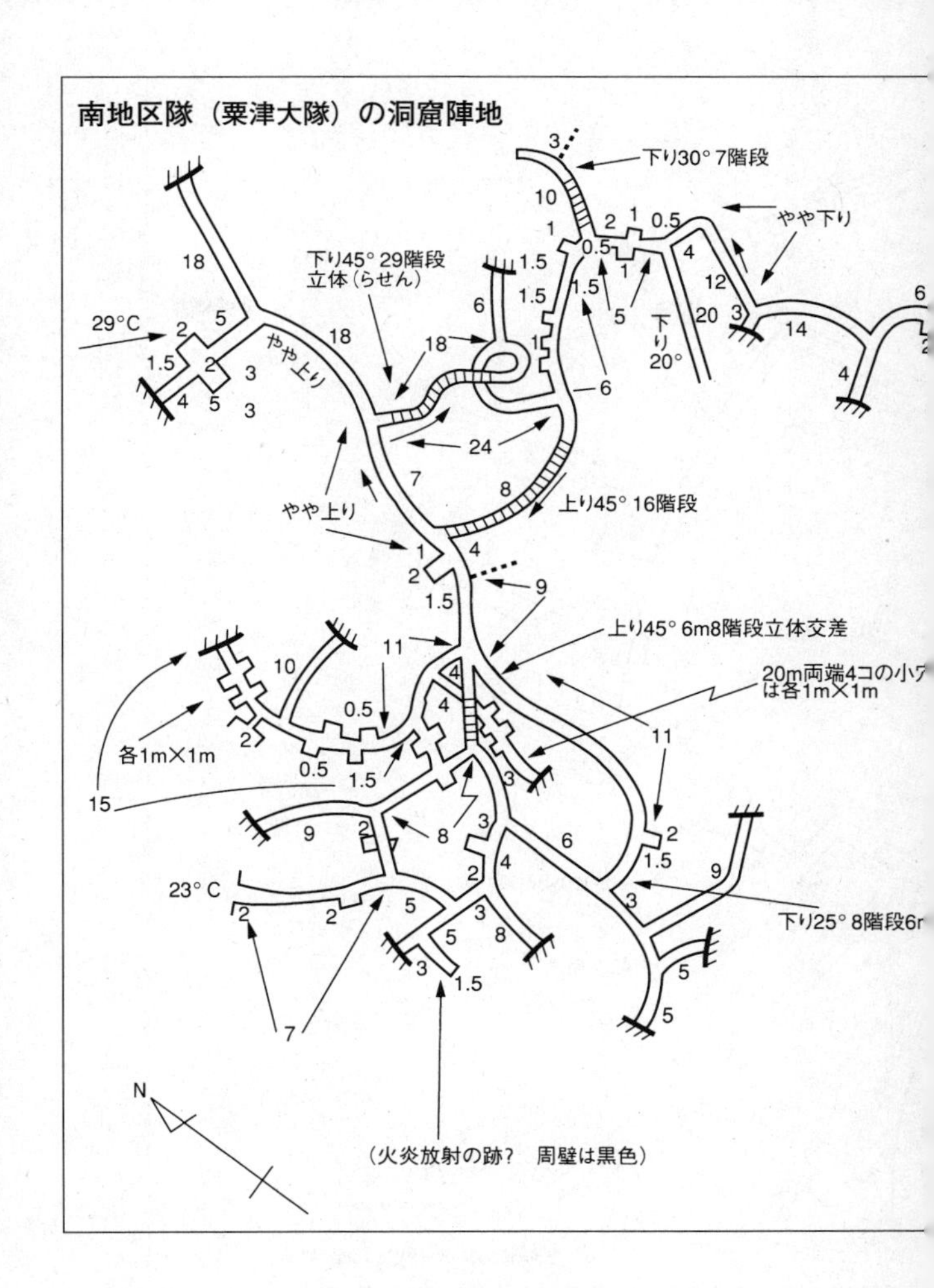
南地区隊（粟津大隊）の洞窟陣地
下り30° 7階段
やや下り
下り45° 29階段
立体（らせん）
29°C
やや上り
下り
り
20°
24
上り45° 16階段
やや上り
上り45° 6m8階段立体交差
20m両端4コの小ワ
は各1m×1m
各1m×1m
23° C
下り25° 8階段6r
（火炎放射の跡？ 周壁は黒色）
N

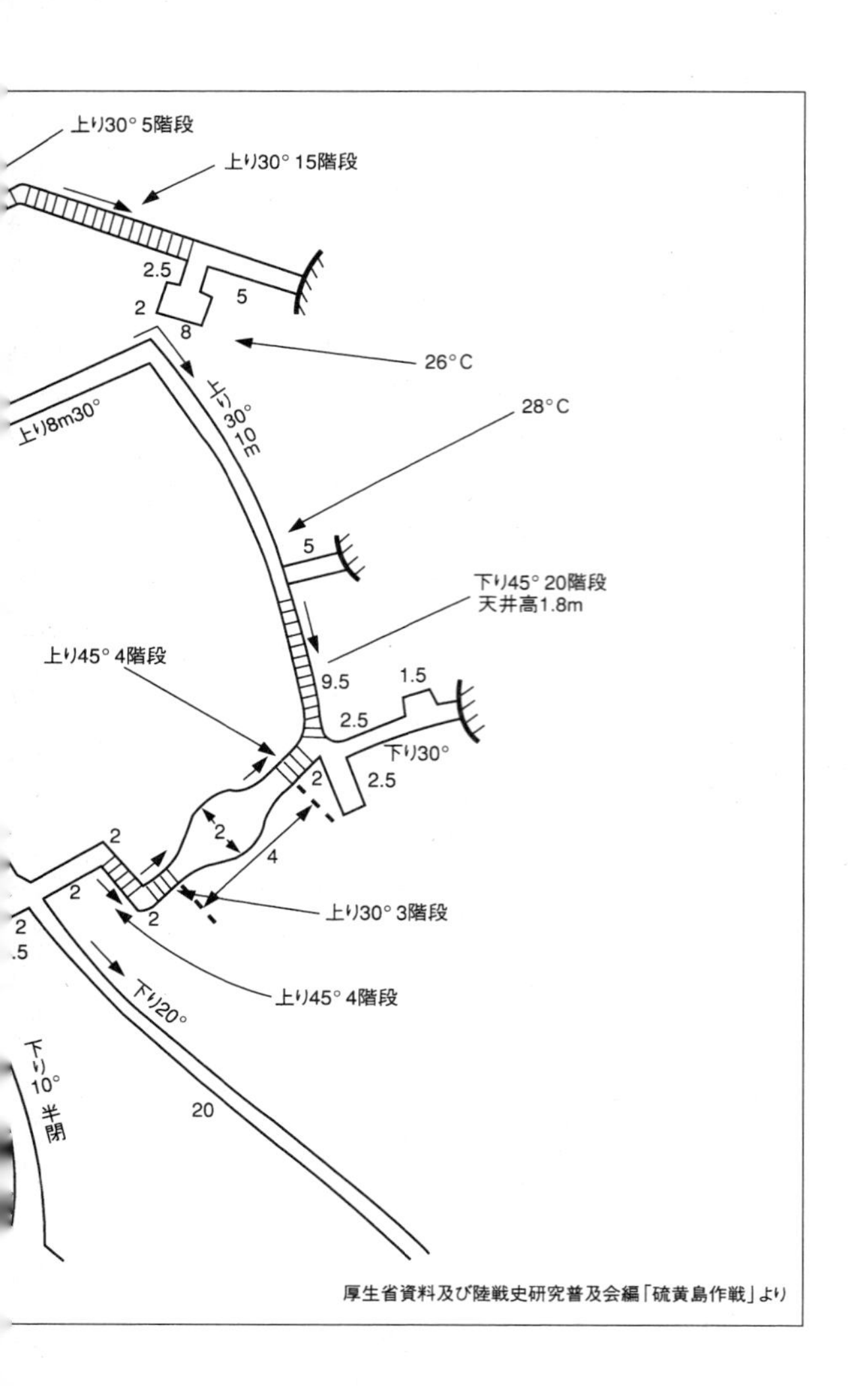

厚生省資料及び陸戦史研究普及会編「硫黄島作戦」より

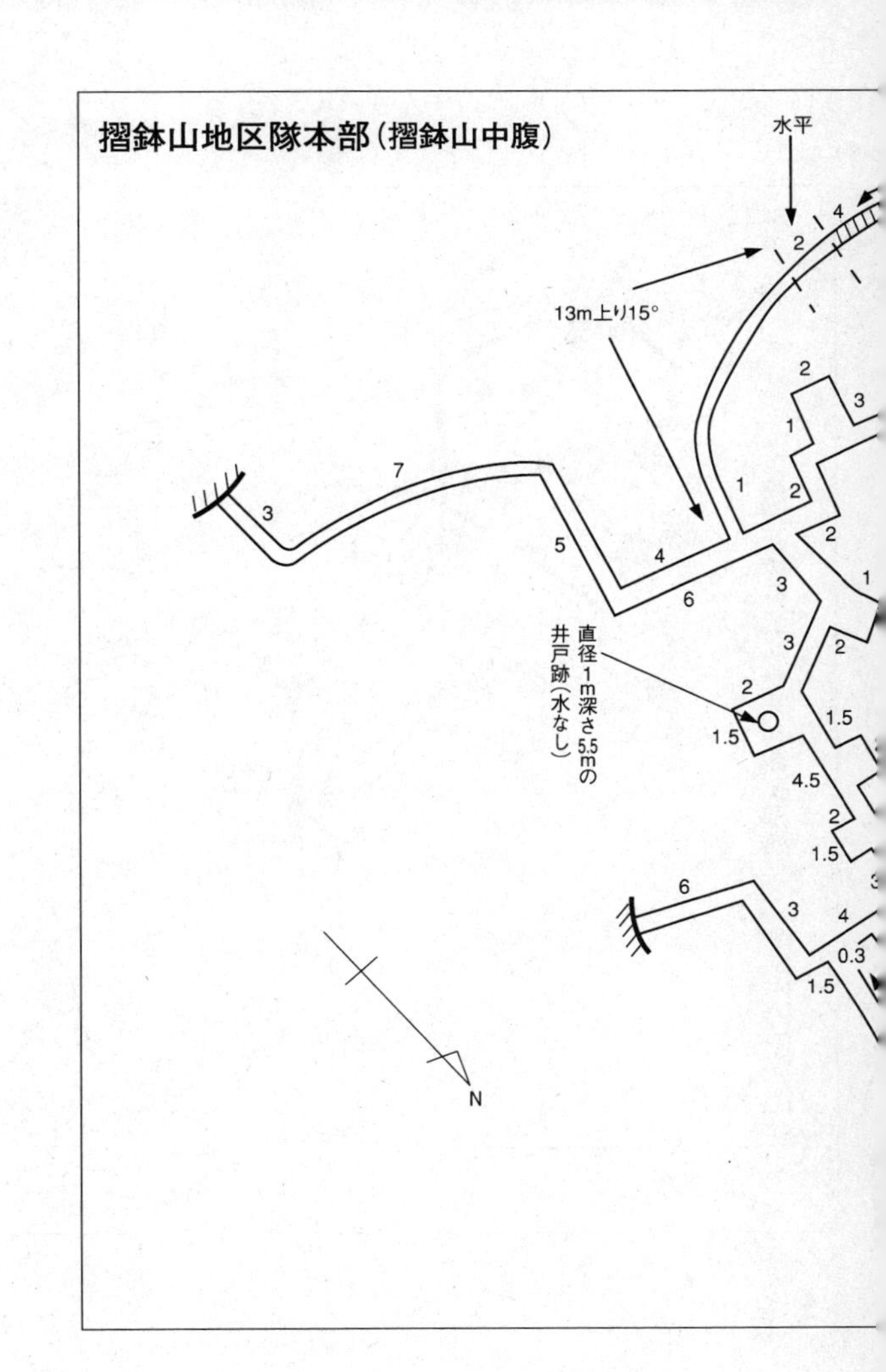

擂鉢山地区隊本部（擂鉢山中腹）
水平
13m上り15°
直径1m深さ5.5mの井戸跡（水なし）
N

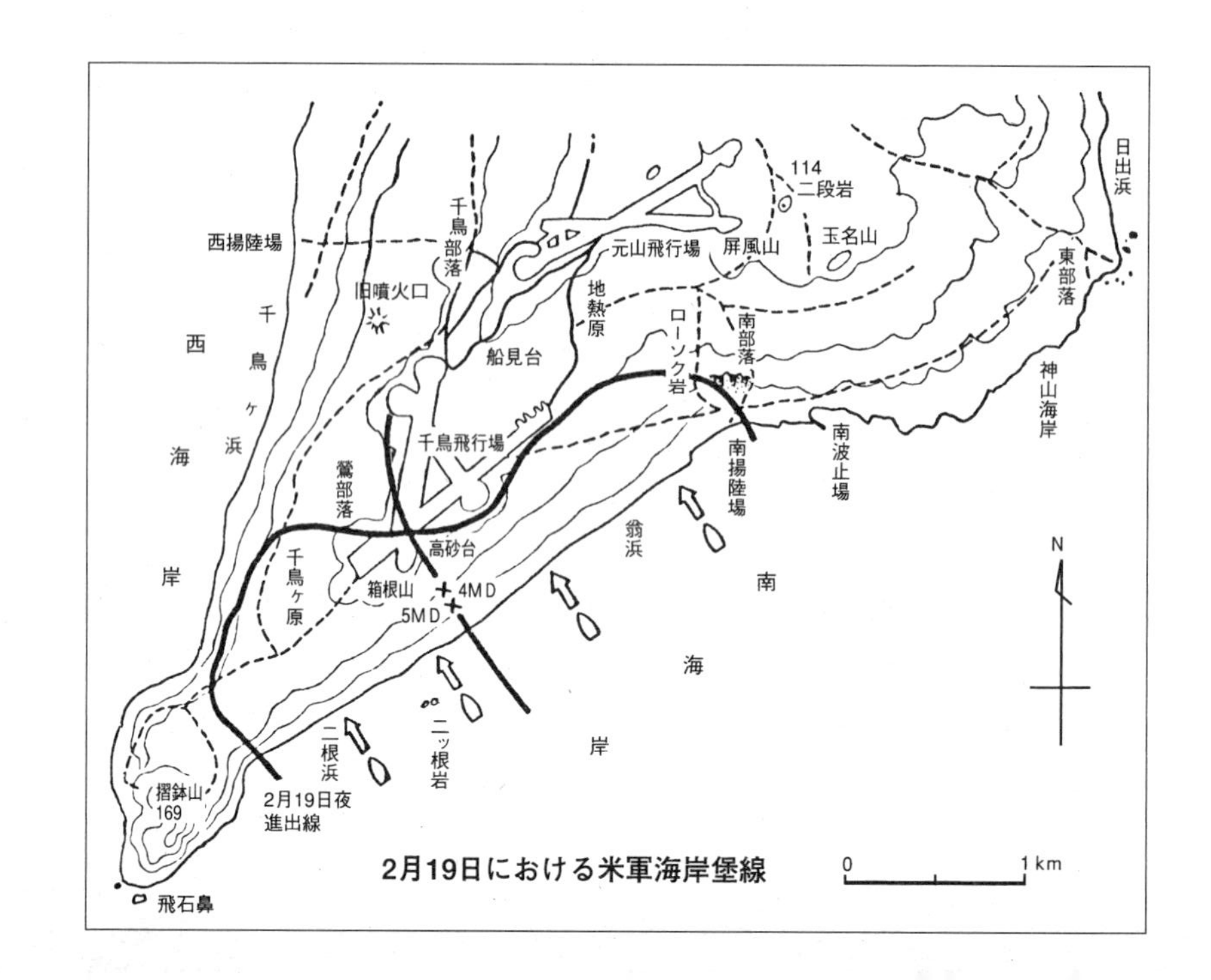

2月19日における米軍海岸堡線

解説――川相昌一手記について

〈作家〉大野　芳

わたしが川相昌一氏から手記『私の硫黄島戦記』を見せられたのは、今年（平成十八年）九月二十日のことである。びっしりと改行もなく鉛筆で書いた四百字づめの原稿用紙は、約百四十枚におよんだ。そこには、一兵士が硫黄島で体験した極限状態を描きだし、投降の決断から捕虜、グアム、ハワイ、アメリカ本土移送、横須賀、郷里広島へ復員、そして見舞われる夫婦の悲劇といった内容がこと細かに書き記してあった。

わたしは、これを拝借したいと申しでた。東京に戻って光人社の専務取締役牛嶋義勝氏に見せたところ、一冊の上製本になったのである。

わたしが、なぜ川相氏に面会したのか。ここに至る経緯こそが、この手記の意味と川相氏の立場を知る手掛かりになるであろう。

平成十七年十一月、わたしは角川映画の某氏から連絡をうけた。城山三郎著『硫黄島に死す』を原作に、硫黄島で玉砕した第二六戦車連隊長西竹一中佐の物語を映画化するという。わたしは西中佐の評伝『オリンポスの使徒』（昭和五十九年　文藝春秋刊）を書いており、西家の消息を知っているだろうと考えての問い合わせである。

わたしは、これを好機ととらえた。わたしの作品は、ご遺族の意にそまず、気まずいおもいのまま西家と疎遠になっていた。わたしは、これが和解の機会になればと願った。角川映画には、西家との断絶の経緯を説明し、おそらく「バロン西のエピソードを映画にするのでしょう?」と訊いた。「そうだ」と担当者はいう。

「あのエピソードは、根も葉もない作り話ですよ」と、わたしはいった。担当者は、原作があるから差し支えなしといい、厄介な話に巻き込まれたくなさそうな口ぶりだった。話は、それ以上に発展しなかった。

昭和二十年二月十六日に始まったアメリカ軍による硫黄島上陸作戦は、空と海から猛烈に攻めたて、二月十九日に所期の目的を果たした。そして二月二十三日、摺鉢山に星条旗を掲げた。

三月八日、日本軍による第一回目の総攻撃の命令（注・翌九日に延期されたが周知徹底しなかった）がでた直後、アメリカ軍は「バロン西、でていらっしゃい。オリンピックの英雄バロン西、でていらっしゃい。あなたは充分に戦った。われわれはあなたを温かく迎えます」といった内容の投降勧告を拡声器で行なったというのである。バロン西というのは、男爵西竹一中佐のことである。

昭和七年（一九三二年）八月、ロサンゼルス五輪の最終日、国の威信をかけた馬術大障碍で西竹一中尉（当時）は、欧米の有力選手をさしおいて優勝した。西男爵は、優勝馬ウラヌスとともに全米に報道され、ときならぬ英雄として迎えられた。ロサンゼルスの社交界は、ハリウッドの映画俳優を交えた祝賀会にバロン西を招き、トップ・スターだったダグラス・フェアバンクス夫妻が来日するというエピソードまで生み出していた。

それから十三年の時をへて、西中佐は、戦車連隊を率いて硫黄島にいた。アメリカ軍による投降の呼びかけを無視した西中佐は、第二回目の総攻撃の命令をうけ、洞窟から飛び出したところを敵の銃撃に遇って倒れた。もうこれまでと断念した西中佐は、部下に命じて頭を宮城にむけさせ、いさぎよく壮烈な戦死を遂げたという。

昭和五十八年（一九八三年）当時、『オリンポスの使徒』を書こうとしていたわたしは、この最期のエピソードが事実かどうかを確認する必要にせまられた。

硫黄島には、二万三千名の将兵が派遣され、玉砕後に生還したひとが約一千名いる。そのうちの誰かがバロン西のエピソードを語り伝えた。その「誰か」を捜しだす作業だ。

手始めに、『硫黄島に死す』（『文藝春秋』昭和三十八年十一月号）のタイトルでこのエピソードを小説化した城山三郎氏に問い合わせの手紙を書いた。城山氏からは、手元に取材メモはないが、誰かに取材している、と丁重な返事が届いた。

やはり語り部がいた。もちろん城山氏だけがこれを書いているのではない。『人物戦車隊物語』（土門周平・市ノ瀬忠国共著　光人社刊）には、『海軍部隊の大曲少尉（ママ）は、「さすがにオリンピックの西さんだ」と舌をまい』て、投降の呼びかけを西中佐に伝えたことになっている。昭和二十年代には、雑誌などにとりあげられ、国民の多くが目にした。いうなれば「衆知の事実」だった。これに疑問の目を向けたのである。


昭和二十一年十一月、西竹一夫人武子さんのもとに元部下だった将校が訪ねた。岸明中尉である。岸氏の訪問によって西夫人は、夫の最期の状況を知った。しかし、この段階では「バロン西でていらっしゃい」のエピソードは、語られていない。

わたしは、『人物戦車隊物語』に書かれた大曲覚元海軍中尉に面会した。ところが大曲氏は、呼びかけを聞いていないという。ここらあたりからエピソードの真偽があやふやになった。大曲氏は、「彼ならば知っているはずだ」と、岸氏の存在を教えてくれた。

岸氏は、青森県むつ市の病院に入院していた。末期がんだった。夫人の許しを得て抗ガン剤が切れ、意識がもどるころあいを見計らって面会した。

「ハワイの二世でヒグチといったかな。日本語のうまい奴で、〝バロン西、出ていらっしゃい〟ってね。だけどその頃は、日本側の戦意が旺盛な時期で、問題にもなりませんでした」と彼は、喋り慣れた口調でいった。

では、いつ、どこでそのヒグチなる二世の呼びかけを聞いたかと問い詰めていくと、岸氏の語調はいささか怪しくなりだした。

「いや、実は、バロン西という言葉は聞いていない。うちの中隊の壕に海軍の大曲がおったが、彼が聞いてきたものですよ」

つまり岸氏は、聞いていなかったのだ。

わたしは、ふたたび大曲氏に面会した。そして「硫黄島の生還者の誰かがいっていなければ、伝わるはずがないでしょう」と畳みかけた。そこでまたも岸氏の名前がでた。

「いや、だから私はいったんだ。遺族にそんな無責任なことをいってはいかん、と。だけど岸君は、〝いいんだ、いいんだ、遺族が喜ぶからいいんだ〟といってね」

わたしは、岸氏にはぐらかされたかとおもって、ふたたびむつ市に飛ぶ準備をして連絡した。しかし、岸氏はすでに他界していた。

わたしは、他の生存者にも聞いて回ったが、誰も聞いていなかった。但し、総攻撃が終わって散発的な戦闘がくりひろげられていたころ、捕虜となった日本兵が米軍の拡声器で呼びかけたことはあった。例えば、機関銃中隊長阿部武雄中尉は、「阿部中尉でてきなさい」とやられた。三月十七日の二度目の総攻撃で隊が潰滅したあとのことだ。

この段階で、わたしは脱稿していたが、奥歯にモノがひっかかった気分だった。

わたしは、完璧を期して最後の確認を試みることにした。アメリカ軍が本当に呼びかけたかどうかを、上陸作戦に参加した退役軍人に確かめる作業だ。担当編集者のつてでワシントンDCに駐在する共同通信の某記者に協力を頼み、ペンタゴンに登録された戦友会を調べてもらう約束を交わしてアメリカに飛んだ。

硫黄島関連の戦友会は、十二、三あったかとおもう。それらの連絡先は、ワシントンから遠く離れた地域に散在していた。とても回っている時間がないとみたわたしは、電話取材をすることにした。運良く連絡がついたのは、三団体だった。

彼らは、バロン西の名前を知っていた。だが硫黄島に派遣されていたとは、一九八四年の段階、つまりわたしがワシントンDCを訪れるまで知らずにいた。

「第一われわれは、硫黄島に何人の兵隊がいるかも知らずに死に物狂いで上陸している。どうやってバロン西が来ていると知ることができるのか。仮に知ったとしても、なぜバロン西だけを救う義理があるのか」とさえいうのである。

わたしは、最終ゲラをロサンゼルスで校了して出版社に送った。伝説を否定した『オリンポスの使徒』は、こうして世にでた。

ひとつの伝説が誕生するには、それなりの理由がある。しかも史実よりも、美しく飾られた伝説のほうが大衆に受け入れられ易い。そんな戦後の社会背景をむすびとした。

史実が大事か、それとも人口（じんこう）に膾炙（かいしゃ）した伝説が尊いのか。

わたしは、その正解を得ていない。しかし、生存者の証言によって確認が可能であるかぎり、伝説と史実とを冷静に腑分（ふわ）けし、整理しておく必要はあると認識している。そうでなければ、この地獄の戦場に斃れた将兵に対して失礼だとおもうからである。

また、国民の犠牲になってくれた彼らへの感謝の念を忘れないためでもある。さらに蛇足を承知でつけ加えるならば、間違った史実を妄信して国民の誇りとする行為を、他国から嘲笑されないためでもある。

つまり、史実と伝説のはざまで正解を導きだせるのは、硫黄島で実際に戦った将兵だけである。死人に口なしだが、川相昌一氏の手記は、生き証人の言葉である。だが、この段階でわたしは川相氏の名前を知っていたわけではなかった。

わたしは、クリント・イーストウッド監督がハリウッドで硫黄島の映画を製作していることと、梯久美子さんがノンフィクション作品『散るぞ悲しき』（新潮社刊）で小笠原兵団長栗林忠道中将を描いていたことを知らなかった。

イーストウッド監督が映画『父親たちの星条旗』と並行して、日本向けに『硫黄島からの手紙』を製作中と知ったのは、今年五月ごろである。また梯さんの『散るぞ悲しき』が今年度の大宅壮一ノンフィクション賞に圧倒的評価をもって受賞した事実を、授賞式の案内状によって知った。

また、映画製作にあたって、イーストウッド監督は、日本に良識ある将軍がいたことを称賛していた。わたしの評価とちょっと違うとおもった。

わたしは、映画がどのような内容か、また梯さんがどのように書いたかも知らない。わたしは『散るぞ悲しき』を読んでいなかったが、本の表題となった「散るぞ悲しき」の出典とおもわれる短歌「国の為重きつとめを果し得で　矢弾尽き果て散るぞ悲しき」が栗林中将自身が詠んだかどうかさえ、疑問視している。

わたしが『オリンポスの使徒』で取材した栗林中将は、陸軍官僚としては有能だったかもしれないが、戦場における彼は、褒められたものではなかった印象が強い。

硫黄島の攻防戦は、玉砕したがために「戦闘詳報」がいっさい残されておらず、大本営にもたらされた電文によって史実が構築されている。従って、個々の戦闘に関していえば、バロン西の伝説でもそうだが、遺族の痛みを和らげるために美辞麗句で飾られる場合が多い。これを遺族が語った場合、「史実」と錯覚させるのである。

わたしは、自著のなかで栗林中将の最期にも触れておいた。この一件に川相氏が関係してくるのだが、いまだ彼の存在が表にでていたわけではなかった。

昭和二十七年一月末から二月初旬にかけて、厚生省復員局は、硫黄島の慰霊と遺骨収集を行なった。この途中の一月三十日、朝日・毎日・読売各紙の記者が飛行機に便乗して取材。二月上旬は、硫黄島関係の報道で紙面がにぎわった。

この報道を見て、つぎの遺骨収集団の一員に加えて欲しいと名乗りでた元軍曹がいた。島根県邑智郡濱原村（現美郷町）に住む小田静夫氏である。彼は、かつて小笠原兵団の高級副官だった小元久米治少佐に手紙を書いた。

『――千鳥飛行場に全員切り込み、天皇陛下の万歳三唱をして全員名の如く玉砕しました。その時、中根参謀と（石飛参謀長）の二名（確かに石飛と申したと思ひますが七年も前のこと、判然としません）が、栗林閣下を射殺し、然る後自ら胸部を射て花々しく護国の花と散られました』（昭和二十七年二月四日付）

手紙の日付から、小田氏が報道に触発されて書いたものとわかる。文面には、兵団長の最期の状況を詳しく知っているから官費で同行させて欲しいと訴えた。実は、この手紙が後々に問題証言となるのである。

誰かが「石飛」の部分に「高石」と書き込んでいる。小笠原兵団の参謀長といえば、高石正大佐しかいないからだ。ちなみに「中根参謀」とは、中根兼次中佐である。のちに重要な場面に登場する。

この小田静夫氏の小元氏に宛てた手紙が防衛研修所戦史室で明らかにされたのは、昭和三十六年である。この年六月二十四日、戦史室は、硫黄島と父島の生還者のうち幹部を対象とした聴き取り調査を開始した。担当官は、古橋正雄一等陸佐である。

最初に戦史室に呼ばれたのは、元小笠原兵団参謀堀江芳孝少佐（注・父島駐在）だった。堀江氏は、物資の補給を中継する父島からときおり硫黄島を訪れて兵団長や陸海の参謀らと情報の交換を行なっており、最後まで硫黄島と連絡をとっていた。立会人として、陸上自衛隊幹部学校教官松田一佐と福重三佐が名をつらねている。

古橋一佐は、『堀江芳孝氏説明要旨』として、冒頭、つぎのように書いている。

『堀江氏は硫黄島作戦に関しては、当時大本営からの発表、世上伝えられるように決して立派なものではなかった。内部には幾多の抗争、内紛、誤り伝えられている事実等がある。今之等の事項を部外特に遺族に発表することには問題があるが、戦史としては真実を残す必要があるので、私は事の真相をその儘述べます、と前置きし、じ後古橋1佐の問に応じ、次の通り説明した』

序盤は、堀江参謀の経歴にはじまり硫黄島の防備に触れている。そして中盤、栗林中将の人物評におよぶと、厳しい内容になってくる。

『能力絶対優位、参謀長以下他の者は雑魚の如く考えていた模様。頭良し。アメリカ・カナダ駐在の影響大。アメリカ礼賛。寝具の始末、靴の手入れも自らやり、日本酒を飲まずウィスキー愛用。

陸大兵学教官のタイプであり将帥タイプではない。命令は自ら起案、自ら自動車運転、部隊視察には参謀を同伴せず、単身側車(そくしゃ)で行く。自ら兵個々の動作を注意して矯正す。

陸大専科（注・専門兵科のみで教育期間が短い）卒、少候（注・少尉候補生？）出身者を極度に嫌う。堀参謀長、参謀（堀江を除く）、小元副官等を兵の面前で罵倒すること屢々(しばしば)あり。即ち、兵の前で専科や少候が一人前の仕事をしているが、全く間に合はぬと叱責しあり。（中略）

将校、特に側近の者は凄く反抗していた。小元副官は度々殺すと怒り、吉田参謀も隣室で背後から弾が来るぞとＤ長（注・兵団長）に聞こえるように言うていた。兵には評判が良かった模様である』

堀江氏は、この四年後に著した『闘魂・硫黄島』（恒文社刊）のなかで、硫黄島着任から約四十日を経たころの栗林中将のようすを書いている。

『（堀江が硫黄島を訪れると）参謀長（注・堀静一大佐）は相変わらず長いひげをひっぱりながら笑って迎えてくれたが、始めて会う吉田参謀と、旧知ながら西川参謀の機嫌が不穏なところへぶつかった。（中略）すると吉田参謀が「私は工兵出身で築城の主任で現場の陣頭指揮をしても、後から兵団長がきて片っぱしから修正してしまう。しかも私に何もいわない。けしからん。私の立つ瀬がない。専科出を馬鹿にしていやがる……」と意気まいている』と。

また『（兵団長は）ウィスキーを二、三杯空けると「参謀は専科出ばかりで役にたたないし、独歩（注・独立歩兵連隊）の大隊長はお墓一歩手前の老人で仕事にならない。父島ではどうか』といった調子で悪態をつく。さらに『（朝礼の場では）参謀長を面罵し、ひげでは作戦はできないと凄い剣幕である』と書いている。

これでは、参謀以下、幹部の信頼をなくす。将帥のタイプではないというのがこれだ。

そして『おれも東京師団で火災なんかが起きなければこんなところへきやしなかったんだ』とボヤく陸大恩賜の栗林中将を、堀江氏は同著にくりかえし紹介している。この東京残留の近衛師団内に起きた幹部候補生による放火騒ぎは、栗林中将が原因だという噂がとびかい、降格人事の含みがあったというひともいる。四面楚歌の戦場にあって家族だけが救いだったのか、栗林中将が書いた手紙の数は将軍のなかで最も多い。

『堀参謀長、街道大佐等は、屢々大須賀少将の所に集り、D長の悪口ばかり言うていた。その結果、終始D長を全く孤独に陥れていた』（堀江。聴き取り調査書）

昭和十九年秋になって、栗林中将は堀参謀長と混成第二旅団長大須賀應少将の更迭を参謀本部に要請した。堀江氏によれば、『人格円満、将軍タイプ』（調査書）の大須賀少将は、不満分子の聞き役だったという。

十一月から十二月にかけて、参謀本部は、大須賀に代えて千田貞季少将と、参謀長に高石正大佐、高級参謀に中根兼次中佐を送り込んだ。千田（陸士）、高石（陸大専科）、中根（陸大専科）の三人は、陸戦のプロだった。そして栗林中将は、堀と大須賀を混成旅団付（注・無任所）にして硫黄島に足止めするのである。

また堀江氏は、聴き取り調査の『栗林兵団長戦死の状況』でこう述べている。

『(1) 栗林中将は敵上陸後1週間位は兵団長として統率していたが、じ後は「ノイローゼ」で全く役に立たぬ状態であり、高石参謀長、中根参謀、海軍の市丸参謀が中心になって司令部が運営されていた。命令は中根参謀が全部起案、戦後の兵団長告別の辞（大本営宛打電）も中根参謀の筆である』

と、述べながら自著には、硫黄島が他の戦場に較べて有名になった理由に『硫黄島には詩人がいた。歌人がいた。作家がいた。その筆力も見落としてならない』と、栗林を評している。これが皮肉でなければ、まだ迎撃していなかった時期の栗林であろうか。

堀江氏は、同著にこうも書く。

『最も恐るべき相手はこの栗林中将であった。栗林中将の人柄は彼の構想で構築された硫黄島の地下防備陣地に深く刻みこまれていた』と、敵をさんざん苦しめた縦深複(じゅうしんふっ)郭陣(かくじん)と地下築城の作戦を評価している。

そしてつぎの証言になる。

『(3)終戦後、副官小元少佐がDT6(独立混成部隊)某軍曹から聞いた話。

3月23日(注・昭和二十年)、D長はこゝ迄善戦して来たのだから降伏しても良いと言はれ自ら白旗を掲げ兵数名を伴い、米第1線に赴き降伏交渉をして来た。中根参謀は降伏すべきでないとD長を諫(いさ)めたが、D長は聞かなかった。

中根参謀は壕の入口で自己の軍刀を抜きD長の首を刎(は)ね自ら拳銃で自殺した。

高石参謀長、及び市丸参謀は首実検をして壕を出て行った。当時薄暮で薄暗かった』

この証言のなかで、「薄暮」と「黎明」(小田証言。後述)の違いはあるが、「薄暗かった」ことは確かなようである。

堀江証言に対して小元氏は、聴き取り調査に応えている。

栗林中将は、冷厳にしてやや温情味には欠ける性格だが、実行力に富み、時間の観念に厳しかった。専科、少候出身者を嫌っていたとはおもわない。また『兵の面前で指揮官や参謀を罵倒したことを知らない』と証言したあと、『ノイローゼに陥ったとか、白旗を掲げ投降交渉に行ったとか言うたことなし。27年2月2日毎日新聞紙上「将軍終戦に死す」と題して、栗林中将が幕僚2名を伴い投降の交渉に行って帰ったがその儘であったとか、8月15日まで生きていたとか書いているが、それを混用されたのであろう。（同新聞提示）』

（注・福島県相馬郡在住の小元氏が提示したのは、『毎日新聞』東北版であろうか。二月一日付東京版に『私（増田滋記者）はこの島に来て一米軍将校から意外な事実を聞いた。（中略）「ジェネラル・クリバヤシが終戦の八月十五日まで生きていたことは間違いない。彼は天皇の放送を聞いたその日、幕僚二名とともに米軍陣地に白旗をかかげてきたそうだ。そして生き残った部隊全員とともに投降することを約して、いったん洞穴陣地に帰った。だが再び帰らなかった……」』とある）

投降の誘いに関しては、玉砕まえに第一四五連隊の本部壕に向けて日本人捕虜二名が米軍第三海兵師団を出発したと、児島襄（のぼる）著『将軍突撃せり』（昭和四十五年二月文藝春秋刊）に紹介されている。米軍資料は『山田兵長並に上野上等兵』と明記している。

それにしても堀江氏と小元氏の証言は、真っ向から対立する。敵上陸まえ（注・昭和二十年二月三日）に用務で内地に飛んで生還した小元氏と、敗戦まで父島にいた堀江氏の立場の違いもあろうが、堀江氏が聴き取り調査以前に小元氏宛の「某軍曹」の手紙を見ていた（注・堀江の証言は小元の二十日前）と察せられる。

ここに登場する「某軍曹」がさきに紹介した手紙の筆者小田静夫氏だ。戦時中は、独立混成第一七連隊通信隊指揮班人事係曹長という長い肩書である。

戦史室が行なったこの調査は、『硫黄島作戦について　その一』にまとめられている。しかし当時、このファイルは『室外秘』とされ、戦史室からの持ち出しが禁じられていた。それをわたしは入手していた。戦史室内のある人物がわたしにコピーをとらせてくれたのである。『オリンポスの使徒』を執筆中、そのひとが在職中とあっては、コピーが手許にあることすら匂わせられなかった。

そこでわたしは、まだ健在だった堀江氏に面会して「某軍曹」とほぼおなじ内容を聞き出し、さらにアメリカ側の資料にもある、といった証言を本人の口から聞いた。聞き取り調査のとき、堀江氏が担当官に提出した『Marine Corps Gazette』（一九五二年二月号）だろうとおもうが、わたしは確かめていない。

小田氏は、小元氏に宛てた手紙に書いている。

『三月二十日頃、硫黄島玉砕の報じがありましたとのこと、実際は三月二十日には兵団（長）以下参謀全部が兵団の本部を捨て、一四五連隊の本部に異動しました。この際通信機は全部破壊して、内地との連絡は一サイ絶って異動しましたから、これを以つて内地は硫黄島の玉砕としたのでせう。あれから北部落の一角まで追ひつめられ、波の音がごうごうとして行くべき所もなくなり……』

そのあと小田氏の文面は、万歳三唱の後に総員が出撃し、そのとき『閣下を射殺』という問題の部分に至るのである。

児島襄著『将軍突撃せり』では、つぎのようになっている。

『それ以上の前進は困難と判断した中将は、「屍を敵に渡すな」といい残して死んだ。出血多量で手の自由がきかないので、中根参謀が拳銃を中将の頭にあて、引き金をひいた、と伝えられる』

介添えの「射殺」と、白旗を掲げて投降の意志を示した中将を軍刀で「首を刎ねる」とでは意味合いがまったく違う。わたしは、小田氏の肉声を得たいとおもった。

幸いなことに、小田氏の封筒から島根県の住所が判明した。わたしは、すぐさま手紙を書いた。しかし、小田氏からは『私も寄る年で、仕事を定年退職後は、専ら書画、古(ママ)とうにふけり、庭木の手入れなどして毎日過ごしており（中略）、どうか（証言を）お許し下さい……』との返事だった。

わたしは、自宅の電話番号を調べて三、四度連絡した。取材は、拒否された。しかし小田氏は、心のうちで葛藤していたにちがいない。決して自分から受話器を置こうとはしなかった。わたしは、『室外秘』の調査報告書や添付された手紙を読んだともいえず、隔靴掻痒(かっかそうよう)の感を胸に小田氏の沈黙に堪えた。

あるときわたしは、

「決して書きませんから、取材を抜きにして伺わせてください。全員が総攻撃にでたのに、どうして小田さんがこの光景を目撃できたのですか」

と訊いた。しばらく沈黙があって、「約束できますか」と小田氏はいった。

わたしは、「はい」と応えた。

「私は、水晶（注・周波数を記憶させた水晶片。これを使えば大本営と交信可能）を取り忘れたのに気がついて壕に戻ったのです。水晶は通信兵にとって命より大切と叩き込まれていましたから。それを捜していましたところ、〝待てーっ〟と始まったんです。部下が上官に向かっていう言葉ではありません。驚いた私は、通信機（破壊済）から頭をあげることができませんでした。しかし、見てしまったんです。ウソではありません。三月二十七日早朝、四時ごろです」

わたしは、〝待てーっ〟のあと、〝どのツラ下げて出て行くのかーっ〟と聞いた記憶があるが定かではない。取材メモを、約束通りに取らなかったからだ。

「で、水晶はありましたか？」と、興奮の入り交じった沈黙のあと訊いた。

「見つかりませんでした」と、小田氏は応えた。

最後に掛けた電話は、わたしが本に引用した手紙文の確認だった。

「正しければ、黙っていて下さって結構です。間違っていたら〝違う〟とだけ教えてください」と断わってから、『あれから北部落の一角まで追いつめられ、波の音がごうごうとして、行くべき所もなく』から『護国の花と散られました』までを読みあげた。

小田氏は、なにも応えなかった。すすり泣く声が伝わってきた。

「ありがとうございました」と、わたしから受話器を置いた。

わたしは、この部分のむすびとして『真相は闇に包まれ、「定説」だけが生き延びてゆくにちがいない』とだけ書いたが、重い鉛の塊を飲んだような気分だった。

あれから二十二年が経っていた――。

平成十八年。夏が近づくにつれて、メディアの報道は戦争の話題が相次いだ。

八月初旬、産経新聞は『刻まれた記憶　硫黄島の61年』の連載をはじめた。第三回目を読んでいると、『川相昌一（88）＝広島県＝はしみじみ語る』とあり、つぎの文面に目が止まった。

『川相は、ほかの兵士と残るよう指示を受けた。司令部壕を訪れると、遠くで栗林が参謀らと別れの杯を交わしている。「おまえも飲め」。近づいた同郷の中尉が、飯盒のふたに貴重な酒をついだ。川相は必死に同行を訴えたが、中尉は「ここに残れ、命令だ」と指示し戦死した』

川相昌一氏は、司令部の通信分隊長だった。

わたしは、とっさに「近い」とおもった。島根と広島の距離ばかりではない。小田氏同様に栗林中将の近くにいた人物。最期を見届けているのかもしれないとおもった。すぐさま旧知の産経新聞社編集委員の某氏に発信先を問い合わせたところ、奈良支局の池田祥子記者が慰霊団に加わって書いたという。

八月末に山陰を取材旅行する予定にしていたわたしは、奈良経由にして池田記者を訪ねた。しかし、耳の遠い川相氏に取材の紹介するのは難しいとの理由で断わられた。

わたしは、小田氏のことが気になりだした。どれほど苦しかったことかと、決して自分から電話を切ろうとしなかった彼の態度をおもいだしてみるのだ。

出雲を取材したあと、わたしは小田氏を訪ねてみる気になった。古い電話番号をとりだして掛けてみた。呼び出し音は鳴っているが誰もでなかった。

わたしは、最後の電話から数年して、一度だけ連絡したことがあった。広島に行ったついでにひと目でも遇いたいとおもったが、日帰りできないと聞いて断念した。あれからでも二十年ぐらいが経っている。生存の可能性は低かったが、墓に詣でるだけでもよいとおもって出雲市駅から江津（ごうのつ）駅に向かった。

三江（さんこう）線は、七月末の豪雨で不通。振り替えバスに乗った。

浜原駅にバスが着いたのは、午後二時四十分。つぎのバスまでおよそ二時間の余裕があった。小田氏の住まいまで、歩いて三十分という。タクシーの便はなかった。晴天の猛暑である。資料の入った荷物を引きながらアスファルト舗装の道路を歩いた。

村に到着して道を訊いた相手がよかった。笠原哲仁さんといい、父も従軍したという。車で案内してもらうことになった。小田氏はすでに他界し、お孫さん夫婦がいるとのことだが留守だった。頼みついでに墓地へ案内してもらった。

山ぎわのひときわ高い丘に墓石がたっていた。「南無阿弥陀仏」とある石塔の側面に、『第二次世界大戦に於て小笠原群島硫黄島より生還した』と彫ってある。反対側に、『昭和六十年一月　小田静夫　建之』とあるから、わたしが取材した年の暮れに、死の準備をしていたことがわかる。没年は平成十二年二月十七日、享年七十三だった。

ここで硫黄島に関する心のわだかまりにひと段落ついた。

この顚末を雑誌『サピオ』の編集者に話したところ、栗林中将の異聞を書くよう誘われた。しかも梯さんの著作を読んでほしいと強く求められたのである。わたしは、他書に影響されないで書きたかったが、買い求めた。わたしの率直な感想は、良く書けているというものだったが、ひとつ難点を指摘するとすれば、『一将功なりて万骨枯る』である。栗林中将だけが輝き過ぎていた。

資料を提供され、肉親に協力をお願いすると、どうしても主人公の光だけを強調し、蔭の部分に触れにくくなる。ノンフィクションの評伝によくあるパターンで、わたし自身も陥りやすい。もちろん主人公が輝かなければ評伝の意味はないが、あまりに身びいきすると、わき役を踏みつけにすることにもなりかねない。

わたしは、他人の著作や映画の批判をするつもりはないが、史実を書き残しておきたいとはおもう。そこで小田証言を補強する川相昌一氏を真剣に捜しはじめた。

案外にはやく見つけられた。二十数年前の資料に硫黄島協会の名簿があり、そこに川相氏の名前があったからだ。電話は、つうじた。九月二十日の朝七時前のことだ。

川相氏は、池田記者がいったように耳が遠く、受話器の声が聞こえなかった。わたしは、自宅を訪ねることになった。その日午後二時、川相家の応接間で取材が始まった。硫黄島遺族会副会長の井上忠二氏が川相氏の「耳代わり」として立ち会ってくれた。

大野　さっそくですが、川相さんは、栗林中将と最後までご一緒でしたか。

井上　（大声で）あののぅ、兵団長と最後まで一緒じゃったかだと。

川相　そうではないです。兵団司令部がいったん外にでて、私は岡中佐と一緒に残った。兵団主力は、一四五連隊の本部壕に移動して、そこでナニを敢行した。

大野　（ちょっと失望しつつ）島根の小田さんをご存じでしたか。

井上　川相さんは、島根の小田さんを知ってじゃろう。（これも大声で）

川相　知ってます。しかし、所属が違う。小田さんは、広島第五師団通信隊で編成された一七連隊の配属になった。小田さんはこの通信隊の事務局（注・人事係）ともいえる勤務をしており、私のように兵団司令部に勤務しているものは、ときおり隊に行くのみで、日常のことは判りません。（注・小田氏は、手紙に「隊長は元陸軍中尉稲田光太郎殿」と書いている。川相氏の隊長も稲田中尉であった）

大野　どうして川相さんは、兵団司令部の参謀部に行かれたんですか。（大声になった）

川相　それはなぁ。（と、席を立ち、手記を奥からもってきた）

（注・手記によれば、兵団司令部の天然壕は川相氏ら通信隊と地下通路で結ばれていた。三月十七日二十一時ごろ、川相氏は稲田中尉に呼ばれて司令部参謀部に出頭した。稲田隊長から「川相分隊は爾後、当所において通信任務を続行すべし。兵団は今夜、深更を期して一四五連隊に合流せんとす」との命令をうけた）

前日の三月十六日午後四時ごろ、小笠原兵団は決別の電報を発信していた。

『胆参電第四二七号　三月一六日一七二五　硫黄島発父島経由、総長宛て』を引用。

戦局ハ最後ノ関頭ニ直面セリ。敵来攻以来麾下将兵ノ敢闘ハ鬼神ヲナカシムルモノアリ。特ニ想像ヲ越エタル物量的優勢ヲ以テスル陸海空ヨリノ攻撃ニ対シ、宛然徒手空拳ヲ以テ克ク健闘ヲ続ケタルハ小職自ライササカ悦ビトスル所ナリ。

シカレドモ飽クナキ敵ノ猛攻ニ相次デ斃レ、為ニ御期待ニ反シコノ要地ヲ敵手ニ委スルノ外ナキニ至リシハ、小職ノ誠ニ恐懼ニ堪エザル所ニシテ幾重ニモ御詫ビ申シ上グ。今ヤ弾丸尽キ、水涸レ、全員反撃シ最後ノ敢闘ヲ行ナワントスルニアタリ、熟々国土ノ恩ヲ思イ、粉骨砕身モマタ悔イズ。

特ニ本島ヲ奪還セザル限リ皇土永遠ニ安カザルニ思イヲ致シ、タトイ魂魄トナルモ誓ツテ皇軍ノ捲土重来ノ魁タランコトヲ期ス。

ココニ最後ノ関頭ニ立チ、重ネテ衷情ヲ披瀝スルト共ニタダ皇国ノ必勝ト安泰トヲ祈念シツツ、トコシエニ御別レ申シ上グ。

ナオ父島母島ニ就テハ同地麾下将兵イカナル敵ノ攻撃ヲモ断乎破砕シ得ルコトヲ確信スルモ、何トゾ宜シク御願イ申シ上グ。

終ワリニ左記駄作御笑覧ニ供ス。何トゾ玉斧ヲ乞ウ。

左記

国の為重き力めを果し得で　矢弾尽き果て散るぞ悲しき

仇討たで野辺には朽ちじ吾は又　七度生まれて矛を執らむぞ

醜草の島に蔓る其の時の　皇国の行手一途に思ふ

（注・父島経由の電文を掲載した堀江著『闘魂・硫黄島』をあえて引用。語彙が

少し異なるが、率直さが感じられる。大本営の着信は、梯著『散るぞ悲しき』を参照のこと）

井上　小田さんは、兵団司令部の決別電報を打っちょるんです。戦後、小田さんから、直接、聞いたんですよ。（注・川相氏が参謀部に出頭したのはその翌日夜）

大野　では、中将の最期について、川相さんは小田さんからどう聞いていますか。

井上　私は聞いておりませんが、どうじゃったろうのぉ（と川相氏に）。中根参謀と高石参謀長とが全部指揮をしてきた言うんじゃが……。

川相　ようわからん。

大野　防衛研修所の聴き取り調査によれば、中根参謀が拳銃で打った、とありますが。

井上　そういう噂はあります。ピストルで撃ったというひとと、うしろから斬りつけて大きな木の根元に埋めたとか聞いておりますが、誰も見ていないから分からない。

（しばらく間をおいて――）

井上　ウチの親父（故井上清一氏）は、一等兵で死んどるんです。栗林さんや高石さんなんかは、名前がでるんです。一等兵なんかどうなっとるんですか。兵隊のことなんか、いっさい書かんでしょう。

戦没者の数だって、全部隊二二、九三三名が島に送られて、一、〇三三名が生還した数字をだしましたが、平成十五年十二月になってやっと政府が正式に認めたんです。生還者一、〇三三名だって、まだ増える可能性もあります。戦後、名前を変えて生きてきたひとがいますからね。一個分隊が丸ごと生き残ったところもあります。（注・昭和二十七年二月一日付『朝日新聞』に「二、三ヵ月に約一千五百人が投降」と福岡駐在米国副領事J・O・ザヘーレン氏が証言）

われわれ遺族が硫黄島へ慰霊に行ったとき、世話役の阿部武雄さんに「どこにお供え物をしたらいいでしょうか」と訊いたら、「どこでもええ。島が兵団の墓場なんだ」と。乱暴なことをいうひとだとおもったけど、そのとおりなんです。

栗林さんを褒めてほめてね、英雄にしちょるんですよね。ある遺族の方は、「いっそのこと栗林神社を作ったらどうなぁ」って言ってましたよ。戦って玉砕したのなら我慢できますが、みんな火炎放射器で焼かれとるんです。上陸まえに海没したひともおるんです。

大野　ところで栗林中将の最期ですが、見届けたという小田さんは、通信機から水晶片を取り忘れたから、本部壕に戻ったというのですが。

川相　わたしらが使った五号無線機は、中隊間の連絡用で水晶がありません。小田さんは、太平洋全域に通信できる三号無線でしたので（水晶を）使っているはずです。

わたしは、帰りの新幹線のなかで川相氏の手記を読んだ。

昭和十九年三月十九日、川相氏は、二度目の召集をうけて郷里広島県神辺（かんなべ）町を出発した。十七日に召集令状を受け取って二日後という慌ただしい入隊である。大正七年三月二十六日生まれの彼は、このとき二十六歳。二十歳になる新妻を残しての出征だった。

最初の応召は、昭和十四年一月。福山歩兵第四一連隊の補充要員として入隊し、四月には青島（ちんとう）に上陸、中国・徳平（とくへい）で本隊に合流。そして六月には連隊通信の訓練をうけて、九月には第一大隊に配属された。この通信隊への所属替えが、生還のきっかけとなる。

彼の移動は、青島から大連—旅順、一旦、広島へ物資の補給に戻って南支東京湾（とんきん）に敵前上陸要員として海南島に集結。東京湾から南寧—賓陽（ひんよう）—霊山作戦—仏印国境へと転戦。さらに上海から南昌—錦江作戦—武漢三鎮（ぶかんさんちん）—杭州—湖州—内地という長駆。三年八ヵ月の兵役を終えて帰ったのが、昭和十七年十二月だった。

昭和十六年十二月八日、日本は大東亜戦争に突入し、川相氏が除隊したころは、南太平洋ガダルカナルやニューギニア方面で劣勢に立たされていた。川相氏が最初に入隊した歩兵第四一連隊も東部ニューギニアに投入され、苦難の戦闘を強いられていた。

郷里にもどった川相氏は、翌昭和十八年四月になって父から結婚を勧められた。「いつ召集があるかわからんから、嫁はもらわん」と、川相氏は断わった。

最初は、世間話ていどだったが、五月ごろになって父は本格的に嫁捜しをはじめた。そして息子に相談するでもなく見合いを決め、見合いをしたら「良し」と、仲人は結婚式の日取りまで決めてきた。ところが七月になって発熱。医師の診断では、マラリアではないかという。それもどうにか治って八月末の結婚式を迎えた。

川相氏は人生の幸せを味わい、「召集がこなければ」と願うようになっていた。彼は、近くの軍需工場で働きだし、銃後の訓練などにも積極的に参加した。戦局は、日に日に悪化するばかりだった。

昭和十九年三月、叔母の引越しを手伝いに夫婦して奈良を訪れていたとき、「召集令状がきた、すぐ帰れ」の電報が届いた。新婚旅行が、一瞬の落雷に遇ったような衝撃に見舞われた。「目先は真っ暗だった」と川相氏は、別の『自分史』に記している。川相氏はすぐに気を取り直したが、妻の心は千々に乱れた。帰りの道中、泣きっぱなしだった。「必ず帰るから」と宥めすかして帰宅した。

『最後の夜、妻を心ゆくまで愛してやり、元気でいて呉れよ、必ず帰ってくるからと、何度も繰返へしさとしたが、妻は泣いて泣いて、辛い一夜であつた』(『自分史』)

川相氏の手記『私の硫黄島戦記』は、この出征から始まっている。

硫黄島は、東京から南へ千二百五十キロ。本土とサイパン島のほぼ中間地点にある小笠原諸島のひとつである。総面積二十平方キロというこの小島は、大正十一年(一九二二年)のワシントン条約によって防備を禁じられ、昭和八年、同条約破棄と同時に日本は飛行場の建設を行ない、未完成のものを含めて千鳥・元山・北飛行場の三つをもっていた。とりわけ島の中央部にある元山飛行場は滑走路が長く、アメリカ軍にとって日本本土爆撃の中継地点として絶好の位置を占めていた。

昭和十九年二月、マーシャル群島が陥落して以来、アメリカの攻略は、マリアナ諸島および小笠原方面に伸びてくることが予想された。これを見越して大本営は三月、海軍横須賀鎮守府の警備隊約七千を派遣する一方、陸軍の要塞築城の兵力約五千を投じて防禦に当たらせることにした。

これら在硫黄島陸海軍兵力は、サイパンに司令部を置いたマリアナ・パラオ地域の陸軍第三一軍司令官小畑英良中将の指揮下に入ることになる。陣地構築などは、小畑が自ら指導した。日本軍は、敵上陸から島を守るため、いわゆる水上水際撃滅方式という防禦方式を採用していた。敵が上陸する前に水上で撃滅し、上陸をしてきた場合には水際で叩く方式である。

三月、海軍警備隊長和智恒蔵中佐が硫黄島に着任したときには、水際に野砲を集中させるよう小畑中将がちょくせつ指導をしていた。小畑に代わって第一〇九師団長栗林中将が着任したのは、島をめぐる自動車道路、飛行場の整備などが急ピッチで進められているさなかの、昭和十九年六月八日である。陸海軍を合わせて小笠原兵団となる。

栗林は、急遽、築城方式を縦深複郭配備に改めた。敵を上陸させ、一斉に叩く方式である。これに和智隊長が反対を唱えた。すでにトーチカは水際に半ば完成していたのと、海軍の大砲は上に向けて撃つよう設計され、地上の標的にむけて試射したところ砲弾が破裂もしなかったからである。防御方式の議論はその後もつづくのだが、結局のところ「足して二で割る」式に落ちついた。陸軍が縦深、海軍が水際撃滅方式である。

昭和十九年七月七日のサイパン陥落の日、戦車第二六連隊の西竹一中佐ら戦車、兵員を乗せた利根川丸と日秀丸は、釜山（ふざん）から横浜港に到着した。行き先は、硫黄島である。

同日二十時、川相兵長ら西部第九部隊は、三号無線機四機を携行して広島駅を出発。このとき西部第二部隊で編成された独立混成第一七連隊第三大隊の通信隊員として小田静夫氏も同じ列車に乗り込んでいた。

翌日午後、横浜に到着。数日、増強の戦車の積み込みを待って七月十日夕刻、川相氏らも乗船して出港した。これが父島沖で敵潜水艦に撃沈されるのは、手記に詳しい。戦車は海没し、いくらか兵員に犠牲がでたが、川相氏の分隊は全員無事だった。やがて川相氏は、西中佐らに兵団司令部へ合流するよう電報をうつのだが、手記にゆだねる。

ちなみに、小田静夫氏が小元氏に書いた手紙の一部をもう少し紹介しておこう。

貴殿が内地に帰られた時、あゝ小元少佐殿はよい時に内地に帰られて良かつたと思ひました。あれから間もなく、二月十七日（注・敵上陸日）より米軍のものすごい艦砲射撃が始まり、寸暇も外に出て日光をあびる様なことはありませんでした。折角、飲まない様にして置いた飲料水も艦砲射撃のためにみんな井戸がペしゃんこになり、（三文字読み取り不可）十三日目には一滴の水もなく成ってバナヽの木を切り、帯剣で穴をあけ、その中に乾パンを押し込んで湿気を呼んで口中に投じて、せめてもの満足感を味はつてゐました。

　この様な話はビンセンに百枚書いてもつきません。もつと大切な事は、兵団及兵団長、参謀の行動です。私は十九日の夕方より兵団長のそばに居て内地との通信に専念致しました。隊長は中尉（注・稲田）で、戦闘指揮も多忙であるため曹長の私が通信に専念し、内地との連絡を一さい受持つて中根参謀に連絡してゐました。その時には、参謀長以下全部白だすきで大きい地図を前にして、まるで囲碁でもうつてゐられる様に、私が案号（暗号）を持つて行つても本文にチラと目を通して、よしと言つて色鉛筆で地図に一寸と点やら線を引かれて頭を横にして考へ込まれるのみで、小田曹長、最後迄頑張つてくれ、と申されるのみで、退室する時には必ず閣下がサカズキを一ツ下さいました。宝田中尉と私のみ栗林閣下と内地間の連絡に専念致しました。三月二十日頃、硫黄島玉砕の報じがありましたとのこと。実際は三月二十日には、兵団以下参謀全部が兵団の本部を捨て、一四五連隊の本部に異動しました。

この際、通信機は全部破壊して、内地との連絡は一サイ絶って……。（続く中将の最後を略す）

私以下数名と一丸（注・市丸利之助）少将は、死に切れず、東海岸に出て米軍の揚陸せるトラックが三十台位ありました。これに手榴弾を投じて運転台を全部破壊して運転不能とせしめ、一丸少将とともに自害せんとせし処、私は右胸部と右脚に三ケ所の機関銃の弾を受け、そのまゝ意識を失ひました。あれから米軍に拾はれ、手あつい看護を受け九死に一生を得て懐かしい内地に再び帰ることが出来ました。（中略）今になつて考へて見ますと全部が夢の様です。あの当時知つていた幹部やら戦友の名前も大部分忘れました。

ただ小元少佐殿の顔は、毎日副官部に命令受領に行つて居たゝめ、よくよく存じてゐます。特に私と経理部の今井軍曹はよくしやべつて小元少佐殿からよくよく知られてゐたはずです。私の兵舎は防疫給水班の裏で岡少佐とは毎日顔を合はせてゐました。兎に角、兵団長閣下と参謀と岡少佐と今井軍曹及一丸少将、次級副官〇〇（注・藤田）中尉、宝田中尉及兵器部の〇〇（注・菅谷）少佐等の最後は詳しく詳しく見て来ました。おそらく兵団の幹部では私一人だけ生還してゐる様な気持が致します。

特に一番困つた事は、兵団長閣下より内地の様子を聴かせてくれと申されましたので、一番よく受信出来る分の受信機を兵団長の室に持参しました。それは忘れもしない三月二十日の夕刻でした。おり悪しく丁度内地は、浪曲の最中でした……。

今全島は火と煙と水と砲弾に包まれて居るとき、内地の浪曲を聴かれて如何に思はれたか、ハラハラと大きな涙を落されました。勿論私も参謀殿もみな泣きました。

壕の戸口には数十名の重傷者、死傷者がつみ重なつてうめいておりました。何と言つてよいのか全く私には申し上げる言葉もありませんでした。否、私のみでなく全部その場に居合はした将兵は、声を立てんばかりに泣いて泣いて泣いて泣いて泣きくれました。あれ以来浪曲は、今でも聴くのもいやになりました。（中略）

一字でも一句でも多くと思つて走り書をしました。小元少佐殿、否、小元さん、今度の渡島に必ず私を参加せしめて下さい。（以下略）

小田氏は、便箋十三枚に自らの体験を小元氏に訴えている。

結果をいえば、川相氏と小田氏は知り合ってはいたが、昭和二十年三月十七日に栗林中将らと別れると同時に離れ離れになった。また戦後、硫黄島協会の会合で顔をあわせたが、栗林中将最期の模様を小田氏の口から聞くことはなかった。

文字通り小田氏は、肉声による証言を墓場へもって行ってしまったのだ。

だが、出身が島根と広島、おなじ硫黄島の通信隊、そのふたつの近似点が『私の硫黄島戦記』に導いてくれた。川相氏の取材に立ち会ってくれた硫黄島遺族会副会長の井上忠二氏は、父井上清一上等兵が独立混成一七連隊第三大隊の所属で、川相氏の西部第九部隊と一緒に広島を出発し、戦場でめぐり会った間柄でもある。

復員後、川相氏は硫黄島の記憶をぬぐい去りたいとおもった。ところが昭和四十三年に硫黄島が日本に返還され、むりやり井上氏らに誘われて四十五年二月の遺骨調査に参加。いらい硫黄島の慰霊と遺骨収拾、遺族墓参団などに同行して二十回以上も渡島した。

この手記を書いたのは、昭和五十五年（一九八〇年）ころである。父や夫、息子の死に場所を懸命に捜し求める遺族のひたむきな姿を見、脳裏に刻まれた記憶を書き残しておきたいとおもったという。この手記は、硫黄島協会広島県支部の会員向けに『鎮魂の島　硫黄島』と題して二百部の限定印刷をして配付。一般の目に触れるのは、今回が初めてである。

〔追記〕

本稿のゲラ校正を終えた直後、映画「父親たちの星条旗」が封切られた。

物語は、昭和二十年二月二十三日、摺鉢山に星条旗を立てた六人の兵士のうち、生き残った三人が〝英雄〟として本国に召還され、戦費募集の宣伝に利用されるという〝史実〟を描いたもの。三者三様の足跡を追いながら、凄絶な戦闘場面を追想・再現し、語り手に「英雄は、必要に応じて人々が作り出すもの」と言わせている。

三人の〝英雄〟は、ついに戦場の真実を語ることなくこの世を去った。

映画は、この真実を追い求めた最後の生き残りの衛生兵の息子の手によって明らかにされていく。ものものしいばかりの従来の戦争映画に、「真実とは何か」を示唆する新しい一ページを書き加えてくれた。熱い感動を禁じ得ない上質のノンフィクション作品に仕上がっている。

硫黄島の闘いに勝った方にも、負けた側にも、〝英雄〟は、不似合いな存在なのだ。

単行本　平成十九年一月　光人社刊
文庫本　平成二十四年一月　潮書房光人社刊
新装版　文庫本　令和七年一月　潮書房光人新社刊

ＤＴＰ　佐藤敦子

NF文庫

硫黄島戦記 新装版

二〇二五年二月二十日 第一刷発行

著者 川相昌一

発行者 赤堀正卓
発行所 株式会社 潮書房光人新社
〒100-8077 東京都千代田区大手町一-七-二
電話/〇三-六二八一-九八九一(代)
印刷・製本 中央精版印刷株式会社

定価はカバーに表示してあります
乱丁・落丁のものはお取りかえ
致します。本文は中性紙を使用

ISBN978-4-7698-1990-5 C0195
http://www.kojinsha.co.jp

NF文庫

刊行のことば

第二次世界大戦の戦火が熄んで五〇年——その間、小社は夥しい数の戦争の記録を渉猟し、発掘し、常に公正なる立場を貫いて書誌とし、大方の絶讃を博して今日に及ぶが、その源は、散華された世代への熱き思い入れであり、同時に、その記録を誌して平和の礎とし、後世に伝えんとするにある。

小社の出版物は、戦記、伝記、文学、エッセイ、写真集、その他、すでに一、〇〇〇点を越え、加えて戦後五〇年になんなんとするを契機として、「光人社NF（ノンフィクション）文庫」を創刊して、読者諸賢の熱烈要望におこたえする次第である。人生のバイブルとして、心弱きときの活性の糧として、散華の世代からの感動の肉声に、あなたもぜひ、耳を傾けて下さい。

＊潮書房光人新社が贈る勇気と感動を伝える人生のバイブル＊

NF文庫

写真 太平洋戦争 全10巻 〈全巻完結〉

「丸」編集部編

日米の戦闘を綴る激動の写真昭和史――雑誌「丸」が四十数年にわたって収集した極秘フィルムで構築した太平洋戦争の全記録。

「千羽鶴」で国は守れない 戦略研究家が説くお花畑平和論の否定

三野正洋

中国・台湾有事、南北朝鮮の軍事衝突――戦争は前触れもなく突然勃発するが、戦史の教訓に危機回避のヒントを専門家が探る。

誰が一木支隊を全滅させたのか ガダルカナル戦大本営の新説

関口高史

作戦の神様はなぜ敗れたのか――日本陸軍の精鋭部隊の最後を生還者や元戦場を取材して分析した定説を覆すノンフィクション。

新装解説版 玉砕の島 11の島々に刻まれた悲劇の記憶

佐藤和正

太平洋戦争において幾多の犠牲のもとに積み重ねられた玉砕戦。苛酷な戦場で戦った兵士たちの肉声を伝える。解説／宮永忠将。

新装版 硫黄島戦記 玉砕の島から生還した一兵士の回想

川相昌一

米軍の硫黄島殲滅作戦とはどのように行なわれたのか。日米両軍の凄絶な肉弾戦の一端をヴィヴィッドに伝える驚愕の戦闘報告。

陸軍と厠 戦場の用足しシステム

藤田昌雄

戦闘中の兵士たちはいかにトイレを使用したのか――戦場における便所の設置と排泄方法を詳説。災害時にも役立つ知恵が満載。

＊潮書房光人新社が贈る勇気と感動を伝える人生のバイブル＊

ＮＦ文庫

復刻版 日本軍教本シリーズ
「空中勤務者の嗜」 佐山二郎編
高須クリニック統括院長・高須克弥氏推薦！ 空の武士道を極める。実戦を間近にした航空兵に対する精神教育を綴る必読の書。

新装版 日露戦争の兵器 佐山二郎
決戦を制した明治陸軍の装備
強敵ロシアを粉砕、その機能と構造、運用を徹底研究。鉄壁の要塞で、極寒の雪原で兵士たちが手にした日本陸戦兵器のすべて。

世界の軍艦ルーツ 石橋孝夫
艦艇学入門１７５７～１９８０
明治日本の掃海艇にはナマコ魚船も徴用されていた――帆船から急速に進化をとげて登場、日本海軍も着目した近代艦艇事始め！

ミッドウェー暗号戦「ＡＦ」を解読せよ 谷光太郎
日米大海戦に勝利をもたらした情報機関の舞台裏
日本はなぜ情報戦に敗れたのか。敵の正確な動向を探り続け南雲空母部隊を壊滅させた、「日本通」軍人たちの知られざる戦い。

海軍夜戦隊史２〈実戦激闘秘話〉 渡辺洋二
重爆Ｂ‐29をしとめる斜め銃
ソロモンで初戦果を記録した日本海軍夜間戦闘機。上層部の無力を嘆くいとまもない状況のなかで戦果を挙げた人々の姿を描く。

「イエスかノーか」を撮った男 石井幸之助
この一枚が帝国を熱狂させた
マレーの虎・山下奉文将軍など、昭和史を彩る数多の人物・事件をファインダーから凝視した第一級写真家の太平洋戦争従軍記。

＊潮書房光人新社が贈る勇気と感動を伝える人生のバイブル＊

NF文庫

究極の擬装部隊　米軍はゴムの戦車で戦った
広田厚司
美術家や音響専門家で編成された欺瞞部隊、ヒトラーの外国人部隊など裏側から見た第二次大戦における知られざる物語を紹介。

復刻版 日本軍教本シリーズ「国民抗戦必携」「国民築城必携」「国土決戦教令」
藤田昌雄
佐山二郎 編
俳優小沢仁志氏推薦！　国民を総動員した本土決戦とはいかなる戦いであったか。迫る敵に立ち向かう為の最終決戦マニュアル。

新装版 日本軍兵器の比較研究　連合軍兵器との優劣分析
三野正洋
第二次世界大戦で真価を問われた幾多の国産兵器を徹底分析。同時代の外国兵器と対比して日本軍と日本人の体質をあぶりだす。

新装版 英雄なき島　私が体験した地獄の戦場 硫黄島戦の真実
久山 忍
硫黄島の日本軍守備隊約二万名。生き残った者わずか一〇〇〇名——極限状況を生きのびた人間の凄惨な戦場の実相を再現する。

海軍夜戦隊史〈部隊編成秘話〉　月光、彗星、銀河、零夜戦隊の誕生
渡辺洋二
第二次大戦末期、夜の戦闘機たちは斜め銃を武器にどう戦い続けたのか——海軍搭乗員と彼らを支えた地上員たちの努力を描く。

新装解説版 特攻　組織的自殺攻撃はなぜ生まれたのか
森本忠夫
特攻を発動した大西瀧治郎の苦渋の決断と散華した若き隊員たちの葛藤——自らも志願した筆者が本質に迫る。解説／吉野泰貴。

＊潮書房光人新社が贈る勇気と感動を伝える人生のバイブル＊

NF文庫

新装版　タンクバトル　エル・アラメインの決戦
齋木伸生
灼熱の太陽が降り注ぐ熱砂の地で激戦を繰り広げ、最前線で陣頭指揮をとった闘将と知将の激突——英独機甲部隊の攻防と結末。

決定版　零戦　最後の証言　3
神立尚紀
苛烈な時代を戦い抜いた男たちの「ことば」——二〇〇〇時間のインタビューが明らかにする戦争と人間。好評シリーズ完結篇。

復刻版 日本軍教本シリーズ　「輸送船遭難時ニ於ケル軍隊行動ノ参考　部外秘」
佐山二郎編
大和ミュージアム館長・戸高一成氏推薦！　船が遭難したときにはどう行動すべきか。機密書類の処置から救命胴衣の扱いまで。

新装版　台湾沖航空戦　T攻撃部隊　陸海軍雷撃隊の死闘
神野正美
幻の空母一一隻撃沈、八隻撃破——大誤報を生んだ航空決戦の実相にせまり、史上初の陸海軍混成雷撃隊の悲劇の五日間を追う。

新装解説版　ペリリュー島玉砕戦　南海の小島　七十日の血戦
舩坂　弘
中川州男大佐率いる一万余の日本軍守備隊と、四万四〇〇〇人の兵隊を投じた米軍との壮絶なる戦いをえがく。解説／宮永忠将。

8月15日の特攻隊員
道脇紗知
玉音放送から五時間後、なぜ彼らは出撃したのだろう——「宇垣特攻」で沖縄に散った祖母の叔父の足跡を追った二十五歳の旅。

＊潮書房光人新社が贈る勇気と感動を伝える人生のバイブル＊

ＮＦ文庫

マッカーサーの日本占領計画
岡村　青
終戦の直後から最高の権力者として約二〇〇〇日間、日本を「統治」した、ダグラス・マッカーサーのもくろみにメスを入れる。

新装解説版 **B29撃墜記**　夜戦「屠龍」撃墜王の空戦記録
樫出　勇
対大型機用に開発された戦闘機「屠龍」を駆って〝超空の要塞〟に挑んだ陸軍航空エースが綴る感動の空戦記。解説／吉野泰貴。

決定版　零戦　最後の証言 2
神立尚紀
過酷な戦場に送られた戦闘機乗りが語る戦争の真実——生きのこった男たちが最後に伝えたかったこととは？　シリーズ第二弾。

復刻版　日本軍教本シリーズ **「密林戦ノ参考　迫撃　部外秘」**
佐山二郎編
不肖・宮嶋茂樹氏推薦！　南方のジャングルで、兵士たちはいかに戦うべきか。密林での迫撃砲の役割と行動を綴るマニュアル。

新装解説版 **「死の島」ニューギニア**　極限のなかの人間
尾川正二
暑熱、飢餓、悪疫、弾煙と戦い密林をさまよった兵士の壮絶手記——第一回大宅壮一ノンフィクション賞受賞。解説／佐山二郎。

新装版 **WWⅡソビエト軍用機入門**　異形名機50種の開発航跡
飯山幸伸
恐慌で自由経済圏が委縮するなかソ連では独自の軍用機が発達。樺の木を使用した機体や長距離性能特化の異色機種などを紹介。

＊潮書房光人新社が贈る勇気と感動を伝える人生のバイブル＊

NF文庫

大空のサムライ 正・続
坂井三郎
出撃すること二百余回——みごと己れ自身に勝ち抜いた日本のエース・坂井が描き上げた零戦と空戦に青春を賭けた強者の記録。

紫電改の六機 若き撃墜王と列機の生涯
碇　義朗
本土防空の尖兵となって散った若者たちを描いたベストセラー。新鋭機を駆って戦い抜いた三四三空の六人の空の男たちの物語。

私は魔境に生きた 終戦も知らずニューギニアの山奥で原始生活十年
島田覚夫
熱帯雨林の下、飢餓と悪疫、そして掃討戦を克服して生き残った四人の逞しき男たちのサバイバル生活を克明に描いた体験手記。

証言・ミッドウェー海戦 私は炎の海で戦い生還した！
橋本敏男
田辺彌八ほか
空母四隻喪失という信じられない戦いの渦中で、それぞれの司令官、艦長は、また搭乗員や一水兵はいかに行動し対処したのか。

『雪風ハ沈マズ』 強運駆逐艦 栄光の生涯
豊田　穣
直木賞作家が描く迫真の海戦記！　艦長と乗員が織りなす絶対の信頼と苦難に耐え抜いて勝ち続けた不沈艦の奇蹟の戦いを綴る。

沖縄 日米最後の戦闘
米国陸軍省 編
外間正四郎 訳
悲劇の戦場、90日間の戦いのすべて——米国陸軍省が内外の資料を網羅して築きあげた沖縄戦史の決定版。図版・写真多数収載。